集英社オレンジ文庫

みるならなるみ／シラナイカナコ

泉　サリ

CONTENTS

Mirunara Narumi
Shiranai Kanako
by Izumi Sari

人物紹介

みるならなるみ

Mirunara Narumi

シラナイカナコ

Shiranai Kanako

イラスト／NAKAKI PANTZ

みるならなるみ
Mirunara Narumi

「ねえチカ、私たちの約束を覚えてる？」

入学式の朝、自転車をこぎながら訊《き》いたら「当たり前でしょ」って涼しい顔をされた。真っ黒なボブと、まっすぐに切りそろえた前髪がチカにはよく似合う。「鳴海《なるみ》こそ忘れてるかと思った」と言われたから、そんなわけないと大きく首を横に振った。

高校生になったら、軽音部に入ってガールズバンドを組むって決めてた。それは私とチカがもう一年以上前に交わした約束で、でもお互いに音楽への執着は強い方だから忘れずにずっと覚えていた。私がギターボーカルで、チカがベース。あとは今日から始まる高校生活の中で、ドラムとキーボードを一人ずつ見つけられたらいい。

中学でもずっと別々だったから何となくそんな予感はしてたけど、チカとはクラスが離れた。入学式が終わって教室に戻ると「鳴海！」って声がして、見るとチカがドアにもたれかかって立っていた。

「キーボード見つけた。同じクラスの子」

「もう？　早くない？」

びっくりしてる私を無視して、チカは「さやか」と陰《かげ》に隠れていた子の肩をつついた。重たい前髪に一重《ひとえ》まぶた、ピンク色のほっぺた。レースのハンカチが似合いそうな子だった。チカは私に見せたことのない人のよさそうな笑顔をその子に向けていた。思いっきりよそ行きの表情だ。

「さやかちゃん、いいの？」

おそるおそる尋《たず》ねたら「私こそ入れてくれるの？」と鈴みたいな声で言われた。

「嬉《うれ》しい。私、引っ越してきたばっかりだから友達いなくて寂しかったの」

「ラッキーだよね！　こんな可愛《かわい》い子をゲットできて幸せだなーあたしは」

チカがさやかに頰《ほお》ずりをした。明らかにキャラがいつもと違う。「チカさあ……」と言いかけたら「シッ」と鋭い目で睨《にら》まれた。確保した人員を何としても手放したくないらしい。

「あとはドラムだね」

チカが腕組みをしながらそう言ったから、私はちょっと焦った。いくらずっと前に決めていたことだからといって、高校に入学して初日でメンバーを固めるなんて早すぎる。大事なことだからこそ、あわてて決めるのはよくないと思う。

「明日以降でもいいんじゃない？　そんなにスムーズに見つかるわけないって」

「ダメ。絶対今日中に決めるから」チカは譲らない。

「どうせなら爆速でスタートダッシュ切りたいんだよ、あたしは！　軽音部は人気なんだから、部員多くて機材取り合いでしょ。早めにバンド申請してガンガン使いたいの。ギタボやるなら鳴海も協力してよ」

「今すぐ？」

「そうだって」言ったそばから、チカは教室に一歩踏み込んで叫んだ。

「ねえ！　ちょっと！　誰かバンドのドラムやってくれる人いない？」

教室にいた全員の視線が、一斉に私たちに集まるのを感じた。名前も性格も知らない子たちだ。こいつら初日から何言ってんの？　って声が聞こえてきそうだった。

「楽しそうー。めちゃめちゃやりたい」

後方の席で、挙手をした子が一人だけいた。緑の容器のラムネをざらざらっと口に含んで噛《か》み砕きながら、スカートがめくれるのも気にせずガニ股《また》で近づいてくる。まだ四月だというのにワイシャツは半袖《そで》で、肩に手ぬぐいみたいなものをかけていた。

「あの子、なんか変……」

さやかが小声で言ってチカの陰に隠れた。ラムネ女はそんなことも気にしない様子でニユッとかがんで、さやかの顔を覗《のぞ》き込む。

「かわいー！　うさちゃんみたい。ラムネ食べる？　バッグにポテチもあるよ」

初対面なのに、距離の詰め方が強引すぎる。おびえるさやかからラムネ女を引きはがして、チカは「悪いけど」と切り出した。

「未経験者はお断りなんだ。あたしと鳴海は中学で多少ベースとギターかじってるし、アンタが今可愛いって言ったさやかも、小学校からピアノやってるらしいから」

「私、ドラム叩けるよ」ラムネ女は腕をぽりぽり掻《か》きながら言った。Tシャツの日焼け跡がくっきりついているのが見えた。チカが眼鏡の奥の目を疑わしそうに細める。

「ほんとに？　ドラムって、楽器だよ。アンタに似合いそうなのはドラム缶風呂の方でしょ」

「知ってるって」

「そうは見えないけど」

「叩けるって言ってるでしょー」ラムネ女は、プラスチックでできた容器のフタを指で弾《はじ》き飛ばした。ビシッといい音がして、チカの眉間《みけん》に命中する。

「痛い！　ふざけないで」

「じゃあ人をバカにした話し方するのやめてよ。私が本当にドラム叩けるか、テストすればいいじゃん」ラムネ女は床に落ちたフタを拾って言った。

「……軽音の部室、見せてもらいに行こうか」私が提案すると、顔を真っ赤にしたチカは肩を怒《いか》らせたままうなずいた。

自由に見学しなさいと先生に言われて、私たちは四人で部室に入った。ドラムは一番奥にあって、近づくなりラムネ女はスツールに腰かけた。ホルダーにささっていた一組のスティックを手に取る。ふーっと大きく息をついたりなんかして、それが妙に様になって見えた。

「まず、これがいつもウォームアップでやってるタム回しね」

キックペダルを踏むのと同時に、ズンチャ、ズンズンチャ、とハイハットとスネアを鳴らす。スタタタと四回ずつタムを叩く。切れ味がよく、大きくてもやかましく感じない音だ。何度も繰り返し聴いていると心地よかった。私だってそんなに楽器歴が長いわけじゃないけど、この子に実力があることはわかる。中学には、こんな子はいなかった。これほど技術があるという意味でも、これほど入学初日から好き勝手に振る舞っているという意味でも。

その後もしばらくタム回しをしてから、ラムネ女は私たちの知らないバンドの曲を通しで叩いた。最後にスティックをくるっと一回転させて「上手《うま》いでしょー」とチカに横目で笑いかける。

「どこかで習ってたの?」度肝《どぎも》を抜かれたみたいな顔でチカは尋ねた。

「習ってたっていうか、兄ちゃんのドラムセットが家にあるからねー。昔からおもちゃ代わりにしてた」

「……ごめん……バカにして」

頑固なチカにしては、ずいぶん早い段階で素直に謝った。きっと、それくらいこの子を加入させたいのだ。それぞれに経験値があるこの四人で組めば、他の同級生のバンドより確実に遠くまで行ける。成功できるはず。私と同じように、チカもその可能性に気づいていたに違いなかった。

「名前は？」私が訊くと、ラムネ女はニコニコしながら答えた。

「鳴海さやか」

「……いや、違くて。あなたの名前」

「だから、さやか。鳴海さやか」

「同じだ、ね」それまで黙っていたさやかがおずおずと笑いかけた。ラムネ女は「うさちゃんと同じ名前！」と嬉しそうにしている。

「あの、私も鳴海って苗字《みょうじ》なんだけど」

よくある字の並びじゃないのに、クラスまで被《かぶ》るなんてそんなことある？　ややこしいなと思いながら申告したら、ラムネのフタみたいな真ん丸の両目が私を見つめた。

「あなた、チーターに似てるね！」

さやかがくすっと笑った。自分がうさちゃんだからっていい気にならないでほしい。

「バンド、入れてもらえるってことでいいの？」

ラムネ女が訊いた。私がチカを見ると、チカも私を見ていた。

「ボーカルの鳴海が決めるんだよ、フロントマンなんだから」

「いきなり丸投げしないでよ」

ぼやいてみたけど、本当はわかってた。決定権を私にゆだねたくらいだから、チカの答えはもう決まっているんだ。これは私たちの約束だ。ずっとあこがれていた道を進み始めるための第一歩だ。

「よろしく」

自分と同じ苗字のその子に、私は手を差し出した。こんなドラマみたいなことをしたのは生まれて初めてだ。握り返された手は、砕けたラムネと古いドラムスティックの木くずで変に粉っぽかった。それに親指の付け根に、金網みたいな火傷《やけど》の痕《あと》がある。

「何、この痕。どうしたの？」

「こないだ兄ちゃんと焼肉行ったときに、七輪《しちりん》に手突っ込んじゃったの」

なぜだか照れくさそうに言われて、笑えばいいのか労《いたわ》ればいいのか戸惑った。

「……焼肉って呼ぼうか」チカが横から覗き込んで言った。

「同じ名前がいるとややこしいし。ね？」

「えー、可愛くない。ネーミングセンス古くない？」

あだ名をつけられた本人は拗《す》ねていたけど、すぐに「まあいっか」と言って笑った。

「バンド名はもう決めてあるんだ」私は三人を順番に見た。

「Ｇｅｎｕｉｎｅ《ジェニュイン》。本物って意味なの。やるからには、本物のミュージシャンになろうよ」

夢が実現に向かって走り始めたのだと思った。

一年生のくせにメンバー全員に楽器歴があるバンドなんて他にはなくて、軽音部に入って早々に私たちは浮いた。課題もオーディションもある程度練習すれば難なくクリアできたけど、決して胡坐《あぐら》をかいてたわけじゃない。努力だって人一倍した。どんなに疲れていても、私は必ず毎日二時間はギターに触れて歌った。練習を練習と思わないことが大事と書かれたプロのインタビュー記事を読んで、遊びだと思い込もうとするあまり頭がくらくら痛くなったこともあった。水色のムスタングを抱いて眠った。

学校に慣れるにつれて髪を染め、メイクとカラコンを覚えて、ネイルをしてピアスを開けて、制服を着崩した。いろんなキラキラしたもので私に色が付いていくことが楽しかった。アイデンティティだかマイノリティだか知らないけど、私、難しい言葉をカッコいいと思ってやたらと使う人間は好きじゃないし、他人の完全な真似《まね》はしたくない。バンドでも同じだった。しばらくするとコピーだけじゃ満足できなくなって、自分で曲を作った。歌詞を書いてみた。初めは散々な出来だったけど、毎日続けていたら本当にちょっとずつ形になっていくのがわかって嬉しかった。

高二になった年の春、アストロロックフェスにエントリーシートを出した。毎年秋ごろに行われている、アマチュアバンド専門の野外フェスだ。観客による投票で順位が付けられ、一位と二位になったバンドは翌年のニューイヤーTVに大勢のメジャーバンドと一緒に出演できる。邦楽ロックの登竜門と謳《うた》われているフェスだった。

選考を通過する自信がなかったと言えば嘘《うそ》になる。そのころ私たちは学校の軽音部の中でも一番の実力があったし、小規模ながらライブにも何度か出演したことがあった。そこらのコピバンとは格が違うと思っていた。本当は、そんなの全然誇れるレベルじゃなかったのに。

音楽界って、歌や楽器の技術と作詞作曲センスがあればそれなりにやっていける世界のはずだ。なのにエントリーシートには、バイト歴とか最近聴いた曲とか観《み》た映画とか自分の長所短所とか、どうでもいいようなことを書く項目がたくさんあった。もちろん全部手書きで、極めつきは「あなたの音楽に対する情熱をぶつけてください」って課題作文。ロックでロールなバンドマンがこんなの真面目《まじめ》にやるかよと思いながら、それでもフェスにはどうしても出たかったから必死で書いた。

結果は、一次審査であっさり落ちた。「残念ながら……」と、あれだけの量の項目を埋めたのが幻だったんじゃないかと思うくらいの短文が、メールで届いた。書類に抜けがあったのかなとか、切手を何枚も貼ったのが悪かったのかなとか、記載した動画のタイトルが間違ってたのかなとか、色々考えたけど結果は変わらない。実力不足で落ちたのだ。あとから知ったことだけど、アストロにエントリーする人の中には、バンド歴が一〇年以上のベテランもザラにいた。ちょっとライブに出て、ちょっとオリジナル曲を作って満足しているくらいの高校生なんかに、用はなかったんだ。

「いつまで落ち込んでるの？」

選考落ちを引きずる私に、一番最初に声をかけてきたのはチカだった。

「あたし、鳴海はそれくらいでへこんじゃう奴じゃないと思ってた。もっと強い子だと思ってたのに」

違う。強いのはチカの方だ。中学生のころ、まだ約束をする前のこと、私たちは音楽部に入っていた。女子は私とチカだけだった。バンドを組みたかったけれど、男子部員はみんな私たちをメンバーにするのを嫌がった。

「女子が入ったらカッコよさが薄れるだろ！」

そう言われた瞬間、チカはその男子のほっぺたを思いっきり叩いた。暴力イコール強さでは絶対にないけど、チカの中には真っ赤なマグマみたいなものがあって、それが強気の源《みなもと》になってるんだと私はそのとき思ったんだった。

高校に入ってバンドを組んで、ギターボーカルの私が四人の先頭に立つことが多くなった。私だって強くなったのだ。でもそれはチカが後ろにいるからで、私は自分の力だけで立っているわけじゃない。一人で歌って演奏できるわけじゃない。

「……来年も、絶対エントリーする」

やっとのことで私が言ったら、チカは「当たり前でしょ」と涼しい顔でうなずいた。

チケットを取って電車を乗り継いで、私たちはその年の秋に四人でアストロの会場へ行った。客席のど真ん中でフェスを最初から最後までぶっ通しで観て、悔しくて干からびるほど泣いた。体から水分がなくなって立てなくなって、うつむいて足を引きずりながら帰る途中思った。時間を無駄にしない。あのステージに立つまでは、絶対に妥協しない。

「来年は、あそこに連れていくから」

私は後ろを歩く三人を振り返った。

「だから、どうかこれからも私についてきてほしいの」

本気でそう言った。

それからは、今まで以上に寝ても覚めてもバンドのことばかり考えて過ごした。曲を作り終えた瞬間からもう次のメロディを組み立てていたし、一日二時間なんて決めずに可能な限りずっとギターに触れていた。四人での練習ができない日は、真冬でも駅前に繰り出して一人で弾き語りをした。ＳＮＳのアカウント名を書いたボードを横に立てて、バンドの名前を少しでもたくさんの人に知ってもらうために、何時間だってギターを弾いて歌った。

大晦日《おおみそか》の夕方、私の隣で男女の二人組が怪しげな宗教の勧誘を始めて、歌とギターがうるさいと文句をつけられた。そんなの知ったことじゃないと思った。駅前で活動をするには道路使用ナントカという手続きが必要で、私の方は事前にちゃんと警察署で申請をしている。邪魔なのは宗教勧誘の方だった。私は何も言い返さず、その場からも動かずに弾き語りを続けた。そうしたら、二人組の男の方に急に距離を詰められた。

「おまえ、どうせ都会でぬくぬく囲われて親の金で学校行ってる苦労知らずだろ。温室育ちの分際で本物のカッコいい音楽ができるとでも思ってんの？」

吐き捨てるように言われた。男はさっきまで通りすがりのおばあさんを相手に丁寧すぎるくらいの敬語で勧誘していたくせに、姿が見えなくなった途端に態度を変えた。

「無視すんなよ。ギター弾いてても聞こえてるだろわかってんだよ！」

「あっちゃん、やめて。マイマイ様の罰《ばつ》が下るよ」

女の方が男をなだめた。私はその声を聞いているだけで、二人のことは見なかった。見たくなかった。顔を直視したら、弱気になってしまう気がした。私は私の曲で人の心を摑《つか》むためにここにいるのに、今、物理的に一番近くにいる人にすら届いていないと、二人の目の色を見てはっきり理解したくなかった。

勧誘の二人組は、しばらくすると諦《あきら》めたように別の場所へと移っていった。私はその後もギターを弾き続けた。自分の吐く息が白くて、吸う息は冷たく鋭い。人通りは多いけど、吹きつける風の中で歌を聴く気にはなれないのか、立ち止まってくれる人はまばらだった。

数分後に雪が降り始めて、結局その日は申請していた時間よりも早めに切り上げた。家に帰り、かじかんだ手でスニーカーを脱ぐ。自分の部屋でギターケースを下ろすとき「本物のカッコいい音楽ができるとでも思ってんの？」って声が頭の片隅《すみ》で響いて、心臓のあたりが擦《す》りむいたみたいに痛んだ。

高三の春、アストロに二度目のエントリーシートを出した。余裕を持ってポストに投函《とうかん》しようと思ってたのに、書く内容は本当にこれでいいのか、字は汚くないか、記入ミスはないかしつこく読み直していたら、当日消印ギリギリになってしまった。

自転車で学校へ行く途中に封筒を投函しながら、ロックンロールって何の役にも立たないよなーとぼんやり思った。音楽に助けてもらったことはたくさんあっても、それで確実にできるようになったことは何もない。どんな名曲も人の背中を押すだけで、絶対的な力はない。それなのに私はバンドを始めて自ら音楽にひっついて、世界一腕力の強い子コアラみたいにしがみついている。振り落とされそうになって爪が全部はがれても、たぶん死んでも離れずにいる。それくらい好きなのだ。意味のあるなしに関係はなかった。

ポストから引き返して自転車をこいだ。ちょうど入学式の日で、新入生っぽい子がたくさんいた。青春するぞーって叫んでて、なんかいいなと思う。桜が舞って、空は青くて、ベタだけど綺麗《きれい》だと思う。

一次審査の結果が出るのは夏の初めごろで、私はそれまでの間、自分が何をしていたのかあんまりはっきり覚えてない。いつもと同じようにずっとギターに触っていただけだ。私にとって弾き語りはご飯を食べたり眠ったりするのと同じ位置にあることだから、そのいちいちを覚えているほどこの脳みそは優秀じゃない。でも、びっくりするくらいよく働くこともあるのだ。七月の半ばに一次審査通過のメールを受け取ったとき、私はすごい速さで文字を打って三人にＬＩＮＥ《ライン》を送った。たぶん人間の運動ニューロンが出せるスピードの限界に近かった。

夏休み間近になってから、四人で東京の指定された場所に行って二次審査を受けた。自主練で使っているスタジオとは似ても似つかない真っ白の部屋に通されて「一番自信のある曲をやって」と言われた。緊張しすぎて喉《のど》がからからに渇いていた。必死に歌って必死に弾いて、上手くできたかなんて全然わからなかった。

「エントリーナンバー七〇、神奈川県の公立高校三年のガールズバンドＧｅｎｕｉｎｅさんね。……君は、目で人を殺せそうだね」

審査員の一人、フェスの関係者にしては妙にカタい雰囲気のおじさんに笑われた。

「チーターに似てると言われます」

そう言ったら「でしょうね」とあっさりうなずかれた。いくら私の目つきが悪いからって、そんな遠慮なく納得していいもんじゃないでしょう。でも、何も言い返さずに笑うだけにした。こういうときに拗ねても、いいことは起きないって知ってるから。

学校では、休みに入る前に二者面談があった。私が音楽系の専門学校に行きたいと言ったら、担任の先生は盛大な溜め息をついて、プリントをタン、タンとわざと音を立ててそろえた。もう一度仕切り直しましょうって合図だ。

「鳴海さん。あなたの成績だったら、いいところの四大の推薦も狙えるのよ」

「知ってます」

「それでも専門に行くの？　あのねえ、音楽で成功できる人なんてめったにいないのよ。あなたはまだ一〇代なんだから、今から将来の可能性を全部バンドに賭けちゃう必要なんてないでしょう。テレビに出られるような本物なんて一握りなのよ」

そのとき私が思い出していたのは、冬の駅前で私に文句をつけてきた男の人のことだった。あのときも私は「本物のカッコいい音楽ができるとでも思ってんの？」と言われたのだ。本物。本物の音楽。

「……先生。ジョン・レノンやマイケル・ジャクソンは本物ですよね」

「そうね」

「じゃあ今、テレビに出てる人たちは本物ですか？　マイケルと同じ立ち位置なのかな。先生、私、今流行《はや》ってる曲が五〇年後も聴かれてるとは思えないんです」

「そうね。でもこれは進路面談だから」

「わかってます。本物って、たぶん数人しかいないんだと思います。カニじゃないカニカマみたいに、本物じゃなくても人気になる人たちはいます」

「鳴海さんはそうなれるって？　だから大学には行かないってこと？」

「そうです。専門に行ってギターも歌ももっと上手くなりたいんです」

また、先生の大きな溜め息。

「わかった。そこまで自信があるなら、一度自分の決めた通りに頑張ってみなさい」

ほっぺたのあたりに熱気が集まるのがわかった。飛び跳ねたくなったのをぐっとこらえて、ありがとうございます、失礼しますと言って教室を出た。

棟を移動し、校舎の階段を上がるにつれて体が軽くなった。部活に向かうときの私は明るい。何を言われても気にしないし、これ以上ないくらいポジティブ。コピーもオリジナル曲の出来にも手抜きはしないし、メンバーの三人と一緒にいるときの自分は好きだ。それが本来の性格なのか、それとも無意識の演技なのかはよくわからないけど、自信を持った状態で弾いたり歌ったりできるのは楽しい。

スカートのポケットの中でスマホが震えた。知らない番号からの電話だ。部室に続く廊下を渡りながら「はい」と画面を耳に当てる。液晶がバキバキに割れているから、尖《とが》った部分が刺さって痛かった。

「アストロロックフェス事務局の流川《るかわ》と申します。Ｇｅｎｕｉｎｅの鳴海さんのお電話で間違いありませんか」

「はい、そうです」

放課後の学校は静かだった。一番奥にある部屋から、かすかに楽器の音色が聞こえるだけだ。よく知ったベースの音、キーボードの音、ドラムの音。スマホを当てているのとは反対側で、メロディをなぞるように耳をすませながら歩いた。

「先日の二次審査の結果、Ｇｅｎｕｉｎｅさんの出場が決定いたしましたのでご連絡させていただきました」

「はい……」廊下を歩く。部室のドアに手をかける。

「アーティスト用チケットの方は後日郵送させていただきますので」

「はい」もうちょっと、あとちょっとだ。

電話が切られるのとほぼ同時に、ドアの向こうでベースを弾いていたチカと目が合った。

「どうしたの鳴海？」大きな目に見つめられて、徐々に実感がわいてくる。

「アストロ、通った……。やっと出られるよ」

やっと、と言う自分の声が震えていて、本当に私は心からこのフェスに出たかったんだと思った。感情が追いついていないのか、チカはしばらく何も言わなかった。

「……当たり前じゃん」

ようやく口を開いたかと思ったら、聞き慣れた口癖だった。

「鳴海には才能があるんだから、今まで落ちてたのがおかしいんだってば」

なぜか怒ったような口調で言われた。こんなときくらい、素直に喜べばいいのに。おかしくて私は笑ってしまう。

夏休み中も、七月はほぼ毎日練習をした。校門が開いてから最終下校時刻になるまで、ずっと。部室にこもって、フェスで演奏する予定の二曲を延々と繰り返した。

「焼肉、サビ前ちょっとズレてない？　遅いかも」私が指摘すると、焼肉は首をかしげる。

「ぴったりな気がしたんだけどなー」

「いや、あたしもズレてると思った。ちょっと一回そこだけやってみよう」チカがピックを持ち直して言う。

「さやか、オッケー？　二小節前から」

「オッケーだけど……。こんなの、聴いてる人は誰も気づかないんじゃない？　調整しても意味ないと思うの」

「えっ？」

変だな、と私は思った。このバンドに意欲のない人はいないはずなのに。

「気づく人は、気づくよ」そう言ったけれど無視された。聞こえなかったのかな？

「ねえ。私、疲れちゃった。今日はそろそろ終わりにしない？」さやかはなおも言葉を重ねる。

「さやちゃん、何言ってるの。下校時刻までまだあと一時間もあるよ」焼肉がたしなめた。

結局さやかは練習には最後までいたけれど、今日の反省会を兼ねてマクドナルドに行こうと私が提案したら、やんわりと断った。「夏バテかもね」帰っていく小さな背中を見送りながら、焼肉が残念そうにつぶやいた。

翌日、さやかはいつも通り練習に来た。「疲れたぁ」と途中で嘆いてはいたけれど、それはこのスパルタ期間で四人の共通の口癖になっている。反省会にも参加して、一番小さいサイズのオレンジジュースをいつまでもちびちび飲んでいた。

でもそのまた翌日、さやかは朝から学校に来なかった。私が電話をかけても「今日はピアノのお稽古《けいこ》があるから」とつれない反応。夏休み前に四人で予定を確認し合ったときは、そんなこと言っていなかったのに。

「お稽古って、何時に終わるの?」私が尋ねると、「わからないの。ごめんね」と言ってさやかは通話を切った。

「さやちゃん、なんだってー?」スマホを置いた私に焼肉が尋ねる。

「ピアノの習い事だってさ」

「へぇー。大変だねえ」私も同調してうなずいてみせたけれど、何だか納得できないまま、マイクのセッティングをした。

メロディーを担うキーボードがいないと、曲は途端に豊かさを失う。代わりにもやもやしたものが心の中に残った。

学校閉鎖期間に入ってからは予定を合わせることが難しく、四人そろって練習できない日も増えた。個人で自分の苦手と向き合うのも悪くはないかもしれないって、ポジティブに捉《とら》えられればいい。

　私は学校が特別好きなわけじゃないけど、かと言って一カ月以上ある夏休みを一切の暇もなく過ごせるわけじゃない。駅前で歌おうにも、さやかのことが頭から離れなかった。一対一での接し方がわからないことに気づいた。練習にも身が入らず、憂鬱《ゆううつ》をふり払うようにまた髪を染めた。新しくピアスの穴を開けるのでもよかったけど、この間染めた暗めのオリーブアッシュがちょうど色落ちしてきて、ヘドロで作ったゼリーみたいな色になっていたから。

　美容院に行くお金をケチってセルフブリーチにしたら、説明書を読み飛ばしたせいで時間を置きすぎた。根本まで地毛の黒の名残《なごり》が一切ない、黄味がかかったテグスみたいな色になってしまった。洗面台の鏡を見て、似合わないよなーと自分を睨む。生乾きの髪を乾かすついでに、歩いて薬局に向かった。

　県内の高校で校則が緩《ゆる》いのは極端なバカ校か進学校の二択だったから、中三の夏は頭から湯気が出そうになるほど勉強した。いくらピアスやメイクで外見を飾ったって、中身がからっぽだったらそれが一番カッコ悪いと思った。最終的に上から三番目の高校に受かって、チカはもう少し頭のいいところに行けるはずだったのに私に合わせた。

　薬局で涼むついでに散々色を悩んで、リンゴみたいな真っ赤なヘアカラーを買った。売れてないのかセールになっていて、たったの五〇円だった。

家に帰ってすぐに染めたら、今度はちゃんと説明書も読んだのにまた失敗した。ところどころに白のまだらが残った、微妙なピンク色になってしまった。安いヘアカラーを買わなきゃよかった。そもそも初めから美容院へ行っていれば、それが一番安全な選択だったのかもしれない。

次の日は一人でライブハウスへ行った。チカはライブに行くくらいならちょっとでも長く自主練したいって言うし、さやかはピアノのお稽古、焼肉は家の居酒屋の手伝いで忙しい。だから事前に約束していなければ、ライブに行くのは一人のことが多かった。

家の最寄り駅から地下鉄で関内《かんない》まで行って、開場時間になるまで中華街のあたりを適当にぶらついた。

アマチュアバンドはライブの予定を決めたら、自分たちでチケットを売る決まりになっている。家族や友人のツテを頼って少しでも多くさばこうとするけど、そう簡単にはいかない。売れ残った分は自己負担になってしまうから、よほどの有名バンドじゃなければライブでの赤字は確定しているようなものだった。だからせめてもの救済措置として、せっせと知り合いのライブに通ってはバンドマン同士で空席を埋め合う。ファンとしてライブに来てくれた客が一人もいなかったとしても、無人の客席を前に歌うより、知っている顔があった方がメンタルはダメにならない。

入り口で当日券を買って、入場者用のリストバンドとドリンクチケットをもらった。どうしてどこのライブハウスにもワンドリンク制があるのか、つい最近まで知らなかったけど焼肉が教えてくれた。「ライブハウスの名目で登録すると保健所の許可が下りにくいから、飲食店として営業してるんだよー。それにドリンク代で売上確保してる」って。元プロドラマーのお兄さんの影響か、あの子はやたらとこういうことに詳しい。

カウンターでチケットを出して、不愛想なスタッフにオレンジジュースをもらった。今日のライブ主催者は、私より一〇歳くらい上のスリーピースバンドだ。三年前に出した曲が最近になってブレイクして、インディーズでCDもじゃんじゃん発表しているから、もうアマチュアに分類されるような人たちじゃない。開演時間になってあたりを見渡すと、空席はほとんどないに等しかった。私が来る必要はなかったかもしれない。暇だったから別にいいけど。

去年メンバー全員で和歌山から上京してきたと話すベースボーカルの壱春《いちはる》さんは、わざとなのか無意識なのか、MCにときどき方言が混じる。

「ロックンロールが死んだと言われて久しい世の中ですが、俺たちドウガネはその存在しやんはずの残り火を追いかけてここまでやってきました。えー気分は上々、意気揚々《ようよう》。みんな今日は来てくれて本当にありがとう、愛してるぜ横浜《よこはま》！」

ドラムがスネアを叩いて、そのまま前奏につながる。大きな歓声が上がった。客席の後方にいる私の頭上では、一斉に拳《こぶし》を掲げた観客のラバーバンドが揺れた。鮮やかな蛍光《けいこう》色が目に染みた。

両親は仕事、妹は塾で遅くまで帰らない予定だったから、家の鍵を忘れたのは致命傷だった。時間を持て余して、私は終演後もライブハウスの周辺にいた。車に機材を積み終えて、壱春さんたちドウガネがオーナーに挨拶《あいさつ》しているのが見える。

私の他にも観客として来ていたバンドマンが何人かいて、半分くらいは顔見知りだった。

「女子高生がこんな時間まで外にいたらダメだよー」と冗談ぽく私に言ってくるけど、誰も本気で注意しようとはしない。集まった人が少ないときは居酒屋に入るのが定番みたいだけど、今日はみんなコンビニで適当にファンタとか発泡酒とか鮭《さけ》とばとかを買って、だらだらと近くの駐車場まで移動していた。通り過ぎる人が迷惑そうな目でこっちを見ている。

「鳴海ちゃん、来てくれてたんだ。また髪色変えたの？」壱春さんに声をかけられた。

「後ろの方にいました。よかったですよ。髪は失敗しました」

「マジ？　あ、これ新しいデモCD。あげる」

壱春さんから受け取ったCDには、曲名とアー写がカラーで印刷されていた。ついこの前までマジックで手書きだったのに、お金がかかっている。業者に頼んだのだろうか。私がCDから顔を上げると、壱春さんは途端にマシンガンみたいに喋《しゃべ》り始めた。

「それ、今日発表した新曲も入ってるよ。あれ作るときさー、俺すっごい大変だったの。

夜中にガアーッて煮詰まっちゃってさ。近所の公園で成人男性が一人ブランコ」

「へえ」

「でも結局、俺ってそういう精神ヤバくなっちゃったときしか名曲って書けやんのね。楽しい幸せ最高ってときはさ、物事の真偽を見極める余裕がないっていうか。これって俺の個性なんだよ。だからこれからどんなに忙しくなっても、ちゃんと落ち込む時間は作ろうと思ってさあ。たとえ最近、とても調子よくファンが増えていようとも」

「あ、やっぱり増えてるんですか」

「そうなんだよ。鳴海ちゃん気づいてなかった？　今日はチケット俺たちの手売りナシで、初めからネットと当日の窓口販売だけにしてたの。同業者の客がいつもより少ないと思わなかった？　自己負担も少ないし、次からはもっとデカいハコでやれるよ。でも俺、楽屋にいるの苦手でさー。フェスでもすぐ外うろちょろしたくなっちゃう。こういう楽屋と客席が繋《つな》がってんだろみたいな、ちっちゃいとこには愛着わくよね」

「そう、ですね」

　合間に素早く相づちを打ってたら、頭が疲れてぐらぐらしてきた。横目でちらっと見てみると、他のバンドマンたちは無言で駐車場のブロックに座り込んでスマホゲームをしている。私の関心が他のところに向いても気にしないのか、壱春さんは喋り続けていた。今度は新しいアー写についてだ。私はまたタイミングを見て相づちを挟む。

「へえー渋谷《しぶや》で撮るんだ！　すごいっすね」

そんなこと微塵《みじん》も思っていないのに、後輩としての典型的な反応をしてしまった自分がむなしい。渋谷なんて、三〇〇円ぽっち払えばここから誰だって行けるのに。

今みたいに話の聞き役からなかなか抜け出せないとき「年下の女の子」って自分の立場が浮き彫りになってる気がする。私と同じ歳《とし》の男の子もさっきまで先輩と一本の貝紐《ひも》を奪い合ってたはずなのに、いつの間にか帰ってしまっていた。私は時間を潰《つぶ》したいからここにいるのに、拘束《こうそく》されると無性にこの場から離れたくなるのはどうしてなんだろう。

「オメーの作曲スタンスとか死ぬほど興味ねーよ！　帰って酒飲んで寝ろ！」

そう言って蹴《け》りの一つでも入れられたらどんなにいいかな。想像するだけだ。

壱春さんのことが嫌いなわけじゃない。地元のファンが離れてしまうことを承知で上京して、一気にここまで知名度を上げたところは尊敬している。それに、知り合ったときから何かと面倒を見てくれるいい先輩だった。ライブハウスのステージには人を興奮させる不思議な魔力があるから、今はそれにあてられてしまっているだけだ。

私だって、自分がステージに立ったときは楽しくて楽しくて仕方がなくて、いつの間にか目から水があふれていつもぼろぼろに泣いてしまう。そうなるとまともに歌えなくなるから「鳴海、それアンタの欠点だよ」といつかチカに言われた。

お酒に酔っぱらうみたいに、ライブを終えた人が一定時間ハイになるのは自然なことだ。

ただ私は、そのノリに他人を巻き込むことが苦手なだけで。だからステージの上でいくら泣いてしまっても、その涙を外に持ち出してイタい奴になるのは嫌だった。「逆でしょ。ステージの上でこそちゃんとしなよ」とチカは言う。でも、みんなの手の届かない場所にいるからこそ出せる感情みたいなのも、私はあっていいと思うのだ。

結局、壱春さんが解放してくれたのは三〇分以上喋り倒してからだった。「遅くなっちゃってごめん」と言って、機材も他のメンバーも乗せたままの車で送ってくれたから、やっぱり悪い人ではないんだと思う。

家に着いても、両親と妹はまだ帰っていなかった。ポストを探ると鍵が入っていたから、あの無駄にだべっていた時間はなんだったんだとちょっと悔しくなる。シャワーを浴びて、頭にタオルを巻いたまま部屋に入った。もう今日はドライヤーをさぼって、もらったＣＤをプレーヤーで聴きながら寝てしまうことにする。

どんなにたくさんの曲を聴いても、愛とか夢ってよくわからない。でも、いいなと思う曲には大抵そのどちらかが入ってるから、納得しきれないまま、私も愛だか夢についての曲を作る。そうすれば、誰かにいいなと思ってもらえるはずだと思っている。

すべての曲を聴き終えるころ、妹が帰ってきた。階段を上りながら「おやすみ、愛《いと》しの子猫ちゃん……」と歌っている。どこかで聴いたことがあると思ったら、今日のライブでやっていた壱春さんの曲だった。さっきまで聴いていたＣＤにも入っている。

壱春さんに愛しの子猫ちゃんがいるなら、私じゃなくその子にマシンガントークをすればいいのに。それともこの曲を作ったドウガネも、本当は愛しさが何かとかよく知らなかったりするんだろうか。じゃあ夢は？　曲が売れてバンドの人気が出ても、わからないままなのかな。それはそれで少し味気ないかもしれないなと、眠りに落ちる直前まで私は考えていた。

お昼過ぎに目を覚ました。夕方、ＣＤショップをぶらついた帰りに家のポストを覗いて、私宛《あて》の封筒があるのを見つけた。フェスのアーティスト用チケットだ。部屋に飛び込んですぐさま封を切って、それからしばらく、ふわふわした心地で手触りを確かめていた。

アストロという名前にちなんでだろうか。封筒に四枚入っていたチケットは、綺麗な薄い青色にラミネートされていた。椅子《いす》に座り、のけぞって窓にかざしてみると、透けた光で肌に青い波ができた。

高一でＧｅｎｕｉｎｅを結成して、お遊びじゃなく初めて真剣に歌の練習をした。気恥ずかしさなんか振り切って曲を作った。周りと何を比べればいいのか、何が才能なのかもわからないまま、好きだからって理由だけで続けてきた。本当にフェスに出るのなら、そこで私は初めて大勢の人の前で順位を付けられることになるのだ。私の曲で、私の声で、メンバーをどこまで引っ張っていけるだろうか。チケットを額《ひたい》に乗せて、不安がにじみ出ないように押し込んだ。私が常に自信満々でいられるわけではないということを、あの三人に知られてしまったら申し訳ない。

あの三人の前にいるときの私は強い。ついてきてくれると知っているから、前を見ていられる。振り返らずにいられる。少なくとも、そういう演技をするべきだと思っている。だって私が自分の曲をけなせば、それはバンドをけなしてしまうのと同じだ。四人でいるときの私は強くあるべきだった。嘘でも無敵のふりをしていた。

ライブハウスに入るときの、地下への階段を下っていく瞬間が好き。ステージから見える全体の真っ暗な景色が好き。スポットライトの熱が好き。曲に合わせて掲げられる、観客の力のこもった拳が好き。好きな光景を思い浮かべながら、徐々に気持ちを高ぶらせて強気な私の仮面を被った。スマホを手に取ってロックを外して、フェスのチケットが届いたことを、まずはチカに電話で知らせようと思った。

いくら校則が緩くても、ピンクと白の髪はさすがに目立つ。夏休み最終日の昨日に染め直そうとしたら、薬局の棚にたくさんあるカラーリング剤のうち、黒染め用のものだけ売り切れていた。いったん家に帰ってから自転車で少し遠くのショッピングモールまで行こうと思ったのに、炎天下を歩いたせいで疲れて、家に着くなり五時間も寝てしまった。起きたら夜の一〇時。諦めて二度寝をしたら、次は朝の七時半に起きた。シャワーを浴びたら家を出る時間ギリギリになってしまって、思えば昨日から二回連続でご飯のタイミングを逃している。普段は口うるさい母は、呆れたのか何も言ってこなかった。妹が冷蔵庫を開けたときに私の分のおかずが中で冷えているのを見つけて、ちょっと反省した。

「髪、カニカマカラーじゃーん」

登校してすぐ焼肉にそう言われて、まだ教室にも入ってないのに帰りたくなってしまった。変なところで真面目って言われがちな私だけど、夏休みはさすがにダレる。始業式に出なければ、次の日からも行く気をなくしてしまいそうだった。だから髪色が変でもお腹《なか》が空《す》いても頑張って自転車をこいで来たのに、第一声がそれってひどい。

「なるちゃん、アストロのために染めたの？」

「違うってこんなダサい色。失敗したの」

フェスまではあと一カ月あるから、それまでには絶対に染め直したい。

「ヤバ、ゴリゴリのヤンキーが入ってきたと思ったら鳴海だった」

教室に入って、声がした方を見るとチカがいた。クラスが違うのに私の席に座って、スマホを見ながら紙パックのいちごオレを飲んでいる。

「何でその色にしたの？」

「フェスのためだよねー」焼肉が横入りして答える。

「違うってさっき言ったじゃん。聞いてた？」

「そのままにしなよ。似合ってるから」チカがストローを噛みながら言った。

「ねえ」

ドアの方から小さな声がした。

「さやかだ。どうしたの？」チカが椅子からお尻を浮かせて言う。

「今日って、放課後に部活あるんだよね。何するの？」

「文化祭でやる曲決める。久しぶりにコピーしたくない？」

「その前に少し時間もらえるかな。話したいことがあるの」

「今話せばいいよ」

「ううん、あとで」首を振ったさやかは、なぜだかいつも以上に何かを警戒しているように見えた。

「……なんかあった？」私が訊くと、びくっと肩を縮められた。

「なんだ、なるちゃんか……。髪が変わったから怖い人かと思っちゃった」

「それ、チカにも言われた」

「部活のときにちゃんと話すよ。あの……その色、似合ってるよ」

「無理して褒めなくていいよ」

ゲラゲラ笑いだした焼肉を睨んでからドアの方を見ると、さやかはもういなかった。

「本気で怖がってたじゃん。ガン飛ばさないでよヤンキー」脇腹をチカに小突かれた。

初日のくせに進路のごたごたでホームルームが長引いて、終わるころには空腹を感じなくなっていた。焼肉いわく「無の境地に入って死のカウントダウンが始まってる」状態らしい。もちろん信じたわけじゃないけど、購買でコッペパンを買った。いちごジャムとマーガリンが間に塗られていて、甘いものはあんまり好きじゃないから普段はめったに選ばないけど、今日はそれしか売れ残ってなかった。

「これ、焼肉のスニーカーのサイズくらいあるよね」

よく考えずに言ったら「食べ物をそんなのに例えないで」とチカに怒られた。

閉鎖期間中はスタジオを借りて練習していたから、部室にはほぼ一カ月ぶりに入ることになる。ドアを開けた瞬間に、長いこと循環していない空気の悪さを感じた。駆け寄って、窓を勢いよく開ける。

ドラムを適当に叩いたり、誰かが忘れていったスティックのささくれを剝《む》いてみたりして、私はさやかと焼肉が来るのを待った。万年別クラスの私とチカとは違って、二人は二、三年生で同じクラスになったのだ。

暑いのが苦手なチカは何もする気が起きないらしく、壁にもたれてぐったりしている。夏休み前、気温が上がってさあ夏本番だというころ、後輩がエアコンのリモコンを失くした。いい迷惑だ。ワイシャツが汗で張り付いて、チカの下着の線がうっすら透けて見えた。「ネイビー」と指摘したら、「キモ」と本気で嫌がっている声で言われた。

「鳴海さー、アストロでどの曲やるつもり？」

「まずは『この世はルビー色』」

「あーね王道」

フェスの二次審査で披露して、ＹｏｕＴｕｂｅ《ユーチューブ》でもビデオを公開している曲だ。再生回数が五万回を超えて、同じ部活の全然仲良くない子に「調子乗りやがってあの雌《め》ヒョウ」と陰口を叩かれていることを知った。軽音部にはバンドが複数あるのに、Ｇｅｎｕｉｎｅがいつも真っ先に部室の予約を入れて人気の日を総取りしているせいかもしれない。でも、ぐずぐず日付を迷ってる他のバンドも悪くない？　それにしても雌ヒョウって、私はチーターとかヒョウとか、そういう系統の動物に本当に似ているらしい。

「あとは『クローバーちゃん』かな」

「え、あれやるの？　大丈夫？」

私のクラスに四葉《よつば》ちゃんという名前の大人しい子がいて、その子をモデルに作った曲だ。クローバーちゃん、どうしてそんなに悲しそうなの。クローバーちゃん、あなたは四ツ葉なのに。

クラスで唯一Ｇｅｎｕｉｎｅのことを褒めもしないし陰口を叩きもしない四葉ちゃんに、私は興味を持ってほしかった。プロを目指している以上、近くにいる人たちには常に注目されていたい。四葉ちゃんにもテレビやネットで、私たちが演奏している姿を見てほしい。

それにたぶん、本人に聴かれて困るような歌詞ではないのだ。

「まあオッケーか。あの子、フェスとか興味なさそうだしね」

「いや、興味持ってもらえればそれが一番いいんだけど……。とにかく、その二曲とあとはMCでよくない？」

アストロでの持ち時間は、一つのバンドにつき一五分と決まっている。オーバーすると投票対象から外されてしまうから、余裕をもって二曲やれば充分だろう。

「ごめんねー掃除当番だった」

バシッと一気に限界までドアを開けて、焼肉が部室に入ってきた。後ろにはさやかがくっついている。二人が一緒にいると、身長差が親子みたいだった。

「うわあホコリっぽい、ここ」

何をするのかと思えば、焼肉はバッグを持ったまま掃除ロッカーからほうきを出して床を掃き始めた。

「いいって、そんなの始めなくて」

私が止めてもお構いなしに「チカちゃん、そこに座ったままだとゴミになっちゃうよ」と言っている。さやかまでいそいそとちり取りを出してきて、こういうのなんて言うんだっけと思っていたら「ピュアだよね」とチカがぼそっとつぶやいた。手伝おうとしたら焼肉に「四人がかりでやることじゃない」と言われて、私はチカと二人、そろって椅子の上で小さくなって掃除が終わるのを待った。

部室には、歴代の先輩たちが置いていった色々なものがある。音楽雑誌なんかは幅広いジャンルが結構な冊数でそろっていて、みんな休憩中に好き勝手に読んでいる。今もチカが適当な一冊を抜き取って、パラパラめくり始めた。男性アイドルが大勢載っているページを広げて「鳴海のタイプどーれだ」と言う。

「金髪の人」写真を遠目に見たさやかが言った。

「惜しい。その右隣」私が答えると、焼肉がへえっと声を上げる。

「黒髪オールバックが好きなの？　なるちゃんは声が綺麗だから、目の前で歌えばきっとどんな人でもゲットできちゃうよ」

「何それ。人生イージーモードじゃん」チカが鼻で笑った。

掃除が終わってから、それぞれの定位置に座った。焼肉がドラムのスツール、私とチカがギターとベースを持って直《じか》に床、さやかがキーボードのそばにある椅子。

「話って何？」

単刀直入に訊くと、さやかはあからさまに体を硬くした。うつむいて、自分の膝《ひざ》のあたりを見ている。

「……こんなこと、本当は言いたくないんだけど」

「だーいじょぶだって。焼肉を脱退させたいとか言っても怒らないよ」

似をした。

チカが優しく言った。さやかに対してはいつも甘いのだ。「ひどい！」と焼肉が泣き真似をした。

「違うの。あの……」

「言ってみ？」

「バンドを抜けたいの。受験して、ちゃんとした大学に行くから」

「……はい？」

チカがかがんで、さやかの顔を覗き込んだ。さやかはうつむくのをやめて、まっすぐにチカのことを見る。

「私、Ｇｅｎｕｉｎｅを抜ける。大事なフェスも決まってるし、三人には本当に申し訳ないと思ってる。でもね、ちゃんとした進学先を選びたいの。何があっても、何を言われようと抜けるよ。それに私は」

「ちょっと黙って。あたしたちが行く専門がふざけた進路だって言いたいの？」

チカは両手でさやかのほっぺたを挟んだ。込めた力が強くて、押し潰しているみたいに見えた。さやかは怖がるかと思ったら「痛いよやめて」と真顔で言ってチカを見上げた。

「抜けるなんて言わないで」

「抜けるよ」

「抜けないで！」

「うるさい。痛い！」さやかがわめいた。チカは手を下ろして私を振り向いた。めったに取り乱したりしないのに、目に涙が溜まっている。

「鳴海、選手交代だよ。どうにかして正気に戻らせてよこのアホ」

「アホはチカちゃんだよ。なるちゃんはわかってくれる」さやかが目を合わせてきた。

「なるちゃんっていつも強い子みたいに振る舞ってるけど、それ、本当の性格じゃないよね。実はあんまり自信ないいんじゃない？　私たち三人が全員なるちゃんにくっついて専門に行ったら不安だから、ほんとは今、ちょっとほっとしてるよね」

さやかの視線を受け止めながら、縋《すが》りつくような目でチカに見られているのを感じていた。もしここで正直になったら、私はさやかの言葉にうなずくしかない。でもチカを傷つけることになるかもしれない。そんなのは嫌だった。私は三人の友達である以前にＧｅｎｕｉｎｅのギターボーカルで、その根っこの部分の私が、強いふりをしろと私に言っていた。

「そんなことないよ」どうにか声を絞り出した。

「私は自分の曲が好きだし、自信があるよ。フェスに出られることになって、もっとそう思ったの。さやかが抜けるって言ってほっとしたなんてことは、一切、ないよ」

意地になって言い切った。チカがバンドを何より大切にしていることや、私が自信につていうじうじ考えていること、不安を抱えていること。さやかが何もかもお見通しだったとしても、ここで正直に答えるのは絶対に嫌だった。メンバーの前でさえ強くいられなかったら、大好きな音楽そのものに見放されてしまう気がした。

「そっか。でもなるちゃん、私は専門学校に入ってメジャーを目指すなんて博打《ばくち》な人生は歩みたくないよ。他の三年生バンドの引退も近いし、もう軽音部もやめるね」

律儀に椅子を元の場所に戻してから、さやかは部室を出て行った。チカはさやかのほっぺたを挟んでいたときの位置のまま、しばらく呆然《ぼうぜん》と突っ立ったままでいる。

「……二人とも、今日はもう部室出ようよ」

数分が経《た》ったころ、焼肉がそっと提案してきた。

「うちの店でご飯食べよう……」

そう言って、三人分のバッグをまとめて持ってくれている。私はチカの腕を引っ張って立ち上がり、ドアの方へ向かった。焼肉がさっと追い越して、私が通るまで開けたままでいてくれる。ピュアが一人になってしまったと思ったけど、今はそんなこと言ってる場合じゃなかった。


三人とも、無言で地下鉄に揺られて終点の湘南台《しょうなんだい》まで行った。地下鉄はエスカレーターが長いし運賃が高いけど、自力で歩けないほど落ち込んでいるチカを引きずるのは疲れるから、乗り換えがないのは助かった。

「兄ちゃんと姉ちゃんが会いたがってるよー」と、店に向かう道すがら焼肉に言われた。私が憂鬱になっていることを察して、気を紛らわそうとしてくれてるんだ。普段はバカっぽいことしか言わないくせに、こういうときに限って優しい。それに比べて、後ろ手に引いたチカの腕の重さときたら！　さやかが出て行った瞬間に魂《たましい》がどこかへ飛んでしまったようで、チカはさっきからちっとも自分で前に進もうとしなかった。

店の暖簾《のれん》をくぐると「おかえりさやか！」と大声が鼓膜《こまく》を貫いた。その名前が出たことに一瞬びくっとして、そういえば焼肉も同じ名前だったと思い出す。前に一度来たときも、私は同じことでびくついた気がする。

「あっ、なるちゃんだー！　久しぶり！」

ビールジョッキを運びながら、焼肉のお姉さんがテーブルを数個はさんだ場所から言った。漫画のキャラクターみたいなグラマーで、顔がバービー人形に似てる。

「おおっ、鳴海だ！」

厨房《ちゅうぼう》からお兄さんまで出てきた。入れ違いになるようにして、今度は焼肉が厨房へ入っていく。お兄さんはよく日に焼けた人で、THE《ザ》・湘南の男って感じだ。

「後ろ、なんか地縛霊みたいなのいるぞ」

「やだあ兄ちゃん、チカちゃんだって」お姉さんがお兄さんの背中を叩いた。

「今日はあの、もう一人のちっちゃい子はいないの？」

「いません。ちょっと事情があって」色々訊きたそうな顔をしているお姉さんを前に、なんとなく言葉を濁《にご》してしまう。

「チカちゃん、あったかいおしぼりだよう」

戻ってきた焼肉が顔におしぼりを近づけると、チカはものすごい勢いで反対側を向いた。魂が抜けている状態でも、メイクは死守したいらしい。

これから混み始める時間帯なのに、お姉さんは店の一番隅のテーブルに私たちを通してくれた。やっとの思いで、チカを私の隣の席に座らせる。三人分のラムネをジョッキに入れてきてくれた焼肉が向かい側に座った。

「チカちゃん、どうしたら元気になるかな」

「時間を置かないと無理だと思う」

答えながら、学校からここまで保護者みたいにチカの世話を焼くのも面倒になってきている自分に気づいた。さやかのことがどんなにショックだったとしても、自分の精神状態くらい自分で管理してほしかった。

「ねえー。チカちゃんアボカド好きだったよね？」

チカの頭を多少乱暴に揺すっていたら、メニューを広げた焼肉に訊かれた。

「やめなよ。なるちゃんとチカちゃんって、お互いにだけは容赦《ようしゃ》ないよね」

いつもの間延びした感じじゃない冷たい喋り方をされて、崖《がけ》の先の柵が突然なくなったみたいにヒヤッと不安になる。

「ごめん」

「いいってー。アボカドやっこ食べさせてみようよ」

焼肉はテーブルの上にあったお客様アンケートの裏に料理名をいくつもすらすら書いて、厨房のお兄さんに渡しに行った。

「フェス、どうしようか」

焼肉が戻ってきて席に着いたところで、私は改まって尋ねた。

「みんなで出たかったけどねー。チカちゃんが元に戻ったら三人で話し合おうよ」

「うん……」

店の壁には、焼肉のお兄さんがバンドを組んでいたころの写真がたくさん貼られている。本番中にギタリストがベーシストの頭をかじったり、半裸で客席にダイブしたり、髪に火をつけたり、アンプに飛び乗ったり、スポットライトにぶら下がったり、マイクスタンドで戦ったり、ステージで馬跳びをしたり、めちゃくちゃな場面ばかりだ。しばらく無言で眺めていたら、厨房からお兄さんの「はいチーン！　ピーッピーッピーッ」という声がした。電子レンジの真似らしい。焼肉は慣れているのか笑いもせずに「できたね」と席を立って、厨房に入っていった。ほどなく、料理をいっぱい乗せたおぼんを持って戻ってくる。

〈湘南の幸　居酒屋なるみ〉には、海鮮を使ったメニューが多い。海から近いところにあるから、夏は海の家も営業しているのだと焼肉が言っていた。同じ苗字だから当たり前だけど、取り皿から割りばしの袋に至るまで全部に自分の名前が書かれているみたいでちょっと複雑な気持ちだ。

焼肉の言ったアボカドやっこは、ダイス状のアボカドとぶつ切りのエビをタルタルソースであえて冷ややっこにかけたものだった。見るからにチカが好きそうだ。

「そこまでしなくていいって、赤ちゃんじゃないんだからさあ」

止める私を無視して、焼肉は木のスプーンで豆腐をすくった。タルタルソースをバランスよく乗せて、チカの口まで運んでいく。

「チカちゃん、ほら、あーん」

リップグロスでつやつやしてるチカの唇を無理やり割って、歯にスプーンが当たるのも気にせず突っ込んだ。かけた言葉とは反対にずいぶん乱暴な動作だった。チカはうつろな目をしたまま、もそもそと咀嚼《そしゃく》し始める。焼肉と二人で、息をつめてその様子を観察した。

「……美味《うま》い」チカがぽつりと言った。自分で器《うつわ》とスプーンを持って食べ始める。

「よかったー戻った」焼肉がニコニコして言った。「なるちゃんも食べなよ」と、おぼんに乗っていた料理を焼肉が次々とテーブルに並べている。ねぎとろユッケとか、刺身の切れ端の盛り合わせとか、シラスおろしとか。三人でちょこちょことつついていたら、チカが突然「フェスには出る」と声を上げた。

「絶対に出る。あのアホが抜けるなら代わりのメンバー探して、何がなんでも出てやる。そんで投票で絶対に一位を取る！　あたしたちは実力あるんだから、博打な人生だなんてもう二度と言わせない」

「チカちゃんかっこいー」

「だいたいさあ、あのアホもなんでこのタイミングで言い出すわけ？　せめて夏休み前に言えばよかったじゃんね。もうフェスまで一カ月しかないのにさ……。焼肉もそう思わない？」

「確かに、早めに言ってくれたらよかったとは思うかなー」

「でしょ？　鳴海も思うよね？」

「まあ、うん」

「あたし、前から薄々気づいてたんだよ。さやかは自分に都合のいいときだけすり寄ってきて、いらなくなったらバンドも友達も簡単にポイしちゃう人間だって」

ユッケの黄身はもうとっくに割れているのに、チカはしつこく箸《はし》で皿のオレンジ色になった部分をつついている。酔っぱらいの嘆きみたいなその発言を聞いていたら、私もだんだんさやかに腹が立ってきた。だって、いくら何でも――脱退を前々から考えていたとしても、あの子は言い出すのが遅すぎた。

焼肉が何も言わなければ、たぶん、そのままさやかの悪口大会になっていたと思う。

「ちょっと無理やり結び付けすぎかもねー」

　はっとして顔を上げると、ニコニコの笑顔が目の前にあった。

「さやちゃんは確かに言い出すの遅かったけど、ポイされたってことはない気がする。っていうか、夏休み中の出席率が悪かった時点でちゃんと話し合うべきだったね」

　心臓が一瞬びっくりしたみたいに止まって、全身が恥ずかしさで熱くなった。口を中途半端に開いたまま、私は何も言えなくなる。

　焼肉の言った通りだ。それにフロントマンの私は、誰よりも冷静に状況を把握《はあく》するべきだった。物事を平等に見るべきだった。なのに気づいたら、自分の感情に振り回されて周りが見えなくなっていた。今回のことと今までの行動を短絡的に結び付けて、あと少しでさやかを完全な悪者にするところだった。

「焼肉、さやかの味方するんだ？」チカが不満げに言った。

「違うよー。思ったこと言っただけだよ」

「……確かに、ちゃんと話し合ってなかったね」

　私が口を開くと、チカは「え、鳴海まで？」とさらに顔をしかめた。

「チカ。私たちはずっと四人でやってきたんだから、今日のことだけで壊れちゃうような関係じゃないでしょう」

「はー？　そんなのわかんないじゃん。少なくとも、あたしはもうあの子と喋る気はありまっせーん」

「さやかを敵にしたくないの。バンド組んだとき、お互いの嫌な部分はこじれる前にハッキリ言うって決めたでしょ？　解散の原因になるようなことはできるだけ避けたいからって、提案したのはチカでしょ？」

「だから何？」

「ぐちぐち言うのはみっともないってこと」

中学でチカと知り合う前から、私は女の子の集団が苦手だった。会話の九割が意味のない褒め合いか、その場にいない誰かの悪口大会だからだ。それが女の子の本能なのだと思うと――自分にもその一面があると思うと悲しかった。だからせめてこのバンドでは、意地悪な本性に逆らって仲良くやっていきたかった。

「はい、この話終わり。新しいメンバーのこと決めなきゃね」

私とチカが睨み合っていると、焼肉が仲裁するようにそれぞれの口に箸で刺身を突っ込んだ。

「……キーボード弾ければ誰でもいいよ。フェスで代役になってもらうだけだから。正式な新規メンバーは、専門入ってから本腰入れて探せばいいでしょ」

チカが刺身を飲み込んで言った。「いいよね鳴海？」そう訊いてくる瞳は、離れていったさやかのことをとっくに突き放した色をしている。

「いいんじゃないかな。下手に焦っても失敗しそうだし、今はバンドになじめる人よりは、実力重視で早めに二曲弾けるようになる人を見つけた方がいいと思う」

「どうやって探そうねー。やっぱツイッターかな」焼肉がシャツの胸ポケットからスマホを取り出した。

二年前に作ったＧｅｎｕｉｎｅのアカウントは、ラジオで曲を紹介されたときやライブをするときに欠かさず宣伝に使っている。でもやっぱり派手な活動が少ないアマチュアだから、フォロワーはなかなか増えなかった。このアカウントでメンバーの募集をしても、あまり意味がないかもしれない。

ＳＮＳをしてるときの自分って手に負えない。私はスタバに行ったりプリクラを撮ったりするたびにインスタのストーリーを上げるし、ツイッターでも息をするようにつぶやいている。そうしなければ生きていけないみたいになっている。でも、本当の私はここにはいない、と自分の積み重なった投稿を見て思う。私が本当に伝えたいのはこんなことじゃない。スタバじゃなくてバンドのアカウントで上げた動画に「いいね！」を押してほしいのに。

「だけど一生やめらんないよね、たぶん」

チカにぼやいたら「麻薬みたいなもんでしょ。あたしたちみんな中毒」とあっさり言われた。チカは暇さえあればインスタを見ているけれど、自分ではあまり写真を投稿しない。

なのにたった数件のプリクラ効果で、四桁《けた》ものフォロワーがいる。

「姉ちゃん、店のアカウント借りていい？」

焼肉がふと思いついたように言った。お姉さんは私たちのそばのテーブルで、客が帰ったあとの片づけをしている。

「いいけど、何に使うの？」

「Ｇｅｎｕｉｎｅのキーボードの子が抜けちゃってさー。代役募集するの」

「楽しそう。姉ちゃんを採用してよ」

「姉ちゃんはピアノ弾けないし、三日おきに彼氏替えて飽きっぽいのがバレバレなのでダメでーす」

会話をしながら焼肉は超スピードで文字を打って「どうかな？」と見せてきた。

『☆臨時のバンドメンバー募集します☆一〇～二〇代女性、キーボード経験アリ、横浜市付近で週一～二回の活動をすぐに始められる方。一カ月程度の活動を予定しています。質問等は＠ＧｅｎｕｉｎｅＧｉｒｌｓまでリプかＤＭでお願いします』

「三人の写真も添付するべきかもー。今撮っていい？」

「ちょっと待って。準備するから」

チカがテーブルの上の空いた皿を隅にまとめて、バッグから巨大なポーチを出した。アイラインを引き、リップグロスを塗り直している。「鳴海なんもしないの？」と訊かれたから、ビューラーを借りた。スマホの画面で確認しながらまつ毛を挟む。私は目つきが悪いから、根元から容赦なく持ち上げないとあんまり意味がない。

「プリンセスみたーい」焼肉が笑った。絶対、適当に褒めただけだ。

「ちゃんとフィルター使ってよ」チカがコンパクトミラーを閉じながら言った。

「載せる前に確認するからね」

「わかってる。しつこいよチカちゃん」

納得いくものがなかなか撮れなくて、二〇分以上かけて撮影した。チカの熟練の加工技術で、三人とも五割増しで美人になっている。ＹｏｕＴｕｂｅに載せているビデオと映りが全然違って、ちょっとした詐欺《さぎ》だと思った。焼肉に至っては「死んだら遺影にして」とまで言っている。さっきの文章に写真を添付して、〈居酒屋なるみ〉のアカウントで投稿した。バンドのアカウントの方でもすかさずリツイートしておく。

「立候補が来たら見せるね。気長に待とうね」焼肉がスマホをしまいながら言った。

「誠実な女がいい。裏切りダメ、絶対」

いつも以上に語気を荒げて、チカはイカの刺身をつまんだ。箸から落としかけて中途半端にくわえることになって、半透明の白い身にリップグロスが付いているのが見える。醤《しょう》油《ゆ》を忘れてるなと思っていたら、薄ピンク色になった刺身はちゅっと吸い込まれて一瞬で消えた。

早く落ち着いた髪色に戻したかったのに、ヘアカラーを何日も買い忘れるうちに愛着がわいてしまって、風船ガムを引っ付けたみたいな髪色といつまでも離れられずにいる。学校にもついこの間までは金髪銀髪の生徒が一定数いたはずなのに、夏休みが終わるとみんな一気に受験モードに入って、ぱたりと見かけなくなった。

　休み時間に空き教室で、焼肉にいくつか集まったDMを見せてもらった。スマホの画面を覗き込む直前「あんまりいい気分にならないかも」と言われて、理由を訊こうとしたらチカが「いいから見せて」と横からせっついた。

『世の中バンドを組みたくても場所や時間や金の問題で叶わない人がたくさんいるのに、不謹慎だと思わないんですか？　高校生だからって世間を知らなさすぎです』

「……こういうのは、無視してよし」自分の顔の筋肉が引きつるのがわかった。

「論外。次」

『こんにちは、ツイート拝見しました。可愛いね。余裕のあるダンディです。とびきり美味《おい》しいもの食べたり楽しい時を一緒に過ごそう！　一度お会いしたいな。』

「何の募集だと思ってんのかな。こちとら必死なのに泣かせるわー」焼肉が涙を拭《ぬぐ》う真似をした。

「これも論外。次」

『フォーしました。女子高生？　どしたん？　話聞こうか(^^)』

「きっしょ」チカがスマホを焼肉に突き返した。

「全部こんな感じ？　まともな人いないの？」

「わかんない。店のアカウント、兄ちゃんの寒いギャグツイ目当てのフォロワーが一定数いるんだよねー。その人たちがふざけて送ってきてるのかも。まだ全部は見れてないけど、今のところピンとくる人はいなかったよー」

藁《わら》にも縋る思いでバンドのアカウントの方にもログインしてみたけど、本当に一切ちゃんとした立候補者がいなかった。ふざけた文面ばっかりで、一番ひどかったのだと『ＪＫぺろぺろ』とか。さやかが見たら卒倒しそうだ。別に傷つきはしないけど、女子高生ってブランドだよなーとつくづく思う。歳をとるのは嫌だし、若いから得することもいっぱいあるけど、真面目に取り合ってもらえないのは気分が悪い。それにこういう人たちに限って、実際の私たちを見たら「ドブス」とか言ったりするんだ。

「どうしようか……」

椅子に座って足を投げ出して、三人で途方に暮れた。この調子じゃ、一生かけても適任のサポートメンバーを見つけることはできない。

「もう一日くらい待ってもいいんじゃない？　それでダメだったら、別の募集方法を考えよう」天井を仰いだまま、私は二人に言った。

「考えつかなかったらどうするの？」

「フェスだけでいいからって、さやかに頼むしか……」

「それは嫌！　バカ鳴海」顔を見なくても、チカに睨まれたのがわかった。

「またDM来たら教えるね」

焼肉がそう言ったのを合図みたいに、のろのろ椅子から立ち上がって教室に戻った。

次の授業は単位外だったから、受験の予定がない私はまだしも、クラスの誰も真面目に話を聞いていなかった。私の斜め前の席の四葉ちゃんなんか、膝の上に分厚い参考書を広げて眺めている。先生の話が耳に入ってくるのに、集中できるんだろうか。三年間クラスが一緒で曲のモデルにまでしたのに、私はこの子と話したことがない。笑った顔を見たこともない。派手で目立つことが好きな私と違って、静かな優等生って感じだ。すれ違ったときにいつも石鹸《せっけん》みたいないい匂いがするけど、香水をつけている気配はない。今も黙ってうつむいて、音もなく参考書のページをめくっている。受験頑張れ、ってルーズリーフの紙飛行機を飛ばしたら笑ってくれるかな。「雌ヒョウが」と言われるだろうか。この子はそんなこと言わない気がする。

シャーペンを意味もなくかちかち鳴らして、募集中のメンバーのことを考えた。そもそも、バンドをやりたい女の子というのはとても少ないのだ。高校の軽音部はなぜか女子の方が多いけど、中学の音楽部は圧倒的に男子の方が多かった。それにプロを目指す人だけに限定すると、男女比はさらに極端になる。日本で売れ筋のバンドは、八割が男性ボーカルだと言われているくらいだ。バンド内に女の子がいたとしても紅一点のことが多くて、そういう子は同性と群れるよりも、異性の中で姫みたいな立場にいる方が気楽なんだと私は思う。ガールズバンドはマイナーだ。

考え事をしたり、うとうとしたりしているうちにチャイムが鳴った。隣のクラスからドタドタ騒がしい足音が近づいてくる。「なるちゃーん」と案の定焼肉がスライディングで教室に入ってきた。

「よさそうな人、一人見つけた！」

差し出されたスマホを手に取りながら、一気に眠気が覚めていくのを感じた。

『こんにちは。二〇歳の音大生、キーボード経験アリです。横浜在住なので、練習場所も大丈夫。スケジュールもある程度は調整できます』

マリという名前のアカウントだった。文章には余計な装飾が一切なく、アイコンは香水瓶《びん》みたいなピンクのディフューザーの写真だった。

「いーじゃん。チカに見せた？」

「ううん。一個だけ気になってさー。この人、怪しい宗教に関係あるっぽいんだよね。ナントカ様は救いだーとか、運命の日は近いーとか、ほぼ毎日つぶやいてる」

焼肉はマリのアイコンをタップして、アカウント情報を私に見せてきた。

「……何も投稿されてないじゃん」

過去のツイートが表示されるはずのところには、『マリさんはまだツイートしていません』という文字が並んでいるだけだった。

「焼肉の見間違いじゃない？」

「そんなことないと思うんだけど……」

「チカに見せに行こう。仲間外れにされたって怒って、またこの間みたいな赤ちゃん状態になられたら嫌だから」

隣の教室に行くと、チカはスマホをいじりながら紙パックの抹茶《まっちゃ》オレを飲んでいた。ストローをめちゃくちゃに嚙み潰している。指はものすごい速さで動いて、インスタのストーリーをスクロールしていた。

今年に入ってから、チカはジュースを飲むときによくストローを嚙み潰すようになった。ずいぶん前に直したはずの癖だ。前に一度「赤ちゃん返り？」とからかったら、違うとイライラした声で言われた。詳しく尋ねてみると、家に叔父さんが来たことが原因らしかった。

今年の初めごろ、チカのおじいさんが亡くなった。家が売りに出されて住む場所がなくなった叔父さんを、チカのお父さんが何の相談もせずに連れ帰ってきたそうだ。無断で同居を決められて以来、家の中はお父さんと叔父さん、チカとお母さんという二つの派閥《はばつ》に完璧に分かれているらしかった。食事も別、ゴミ出しも別。窮屈《きゅうくつ》な生活の話を聞いて息が詰まった。チカが家に帰る前に制服のスカートを異様に長くしたり、ＬＩＮＥの画面を見て「セクハラ野郎」とつぶやいたり、そういう言動の意味がわかって私はぞっとした。

「なんで鳴海がそんな顔するの？」話し終えた後で、チカは私の顔を見て笑った。

「心配しなくて大丈夫だって。あんな奴、いつかは必ず出ていくんだから」

忘れていた。この子は私が思っているよりずっとずっと強いのだ。

インスタをスクロールする手を止めて、チカが顔を上げた。焼肉がそばに寄って「これ見て」とマリのＤＭの画面を見せる。

「すごいまともっぽいじゃん、この人。採用」

「うん、でも一個だけ怪しいところがあってさ」

焼肉が怪しげな宗教のことを説明すると、チカは気にしないと言って首を振った。

「そんなこと気にかけてたら永遠に見つかんないよ。フェスまでもう一カ月もないでしょ？　とりあえず会ってみればいいって」

「わかったー。日にち決めとくね」

焼肉が文字を打ち始める。マリからはすぐに返信が来て、私たちがよく使っているスタジオで、五日後の土曜に会うことが決まった。

当日は、午後一時から三人で普段通りの練習をしていた。マリが来るのは二時の予定だ。

練習は練習、マリはマリ。しっかりメリハリつけてやるはずだったのに、一時半にもなると三人ともそわそわし始めて演奏が手につかなくなってしまった。壁にもたれて並んで座って、何をするでもなく、来客の瞬間に備えて身構えた。

「おばさんだったらどうするー？」

「二〇歳って書いてあったじゃん」

「金髪外国人だったらどうするー？」

「日本語が通じれば構わないけど」

焼肉の言葉を適当にかわしながら、私はギターを爪弾《つまび》いて時計を眺めた。二時の五分前だ。隣にはチカが座っていて、もう三〇分近く同じガムを噛んでいる。

コツコツコツ、ときっかり三回のノックが聞こえた。三人で顔を見合わせた。

「……マリ？」

ドアが開いた。

「こんにちは。Ｇｅｎｕｉｎｅさん？」

返す言葉がなかった。チカも焼肉もそれは同じのようで、目の前の人を凝視したまま動きを止めている。

男だった。

ボーイッシュとか女装ではなく、シンプルに男だった。

「マリです。マリヤです。麻《あさ》に利口の利に也《なり》。よろしくー」

真っ黒な髪のオールバックに、少しつり上がった濃い眉、目力《めぢから》の強い瞳。まだ夏の暑さが残っているのに黒のライダースを着て、腕を組み、仁王《におう》立ちしている。

「……ちょっと、待ってください」

私は溜め息を押し殺して口を開いた。期待していたのに。適任者が見つかったと思ったのに。急に頭が痛くなり始めた。

「私たち、応募条件に女性って書きましたよね……？　あなたは、その」

「僕は男です」

「ですよね」

私が後方に向かってうなずくと、お引き取りくださいませ、と焼肉が流れるような動作でドアを開けた。閉まらないように片手で押さえて、どうぞと無言の圧力をかける。

「帰りませんよ。僕の話を聞いてください」

ずいぶん自信ありげな喋り方だ。つるっとしたゆで卵みたいな美肌が腹立たしい。

「立候補する前に、あなたたちについて調べました。横浜市内の高等学校の軽音部に所属するガールズバンドＧｅｎｕｉｎｅさん。関東圏のライブハウスを中心に活動し、昨年のロックインスクール・ラジオで冬の注目学生アーティストに選出される。メンバーはギタ
ーボーカルの鳴海さん一八歳、鳴海さんと中学からの仲のベースのチカさん一七歳、高校

の同級生でドラムの焼肉さん一八歳。キーボードのさやかさんが脱退したため、アストロックフェスに向けて臨時サポーターを募集する。代表曲は一年前にＹｏｕＴｕｂｅで公開した『この世はルビー色』。間違いありませんか?」

「合ってますけど、そんなのネットで調べたら誰だってわかりますよね。あたしたちをからかってるんだ?」

「チカさんには挑発癖があるということも、今わかりました」

「ふざけないで」チカが声を鋭くした。

「あたしたちは今回のフェスに人生賭けてるんです。ずーっとあこがれてて、今年ようやく出られることになったの。それなのにキーボに勝手に抜けられて、本気で焦ってるの！　アンタも嫌がらせが目的なら、こんなタチ悪い騙《だま》し方しないで他の奴らみたいにキショい文面だけで終わらせてくれた方がマシだよ！」

「お言葉ですが。僕はあなたたちを騙すつもりはありません。鳴海さん」

　突然、男が私のことをまっすぐに見た。

「フロントマンのあなたに言います。僕はあなたたちを本物のアーティストにするためにここへ来た。指示に従ってくだされば、フェスでの優勝とニューイヤーＴＶでの成功を約束しましょう。いいですか。僕を、Ｇｅｎｕｉｎｅに、加入、させなさい」

「偉そうだね！」

焼肉の大声がスタジオに響いた。男が標的を変えたから、私はその強すぎる目力から解放される。焼肉はいつの間にか取り出したココアシガレットを豪快に噛み砕きながら、ふんぞり返って立っていた。

「ずいぶん自信あるみたいだけど、お兄さんがちゃんとキーボード弾けるって証拠を見せてください。それが第一条件なので」

「もちろんです」男は肩にかけていたケースを下ろして、キーボードを取り出した。スタンドをてきぱき組み立てる。さやかが持っているのと同じメーカーだった。

「何がいいですか？　ご自由にリクエストをどうぞ」

ご自由にと言われると、逆に言葉に詰まってしまう。難しい曲をリクエストしてあっさり不合格にしてしまうのもいいし、簡単な曲を頼んでこれさえまともに弾けないのかと文句をつけてもいい。それでこの面倒くさそうな人が諦めてくれるなら。

「『この世はルビー色』。ピアノアレンジで弾いてください」

私が迷っていると、チカが噛みつくように言った。

男は軽くうなずいて、鍵盤《けんばん》に手を置いた。肩の力をふっと抜くと、次の瞬間、滑らかに躍《おど》るように音がこぼれ始めた。

私たちみたいなアマチュアバンドの楽譜《がくふ》を入手する手段などないはずなのに、完璧にコピーしていた。上手い。さやかよりずっと上手い。最後まで難なく弾き終えると、男はふっと目を開いた。演奏している間は閉じていたことに、私は今さら気がついた。

「どうですか？　ご希望なら、キーボードパートのみのバージョンも弾きますが」

「……結構です」うつむいたチカの表情が見えない。何を考えているんだろう。

演奏の技術だけで言ったら、臨時メンバーにするには充分すぎるほどだった。でも、ここで決めることはできない。Ｇｅｎｕｉｎｅはガールズバンドなのだ。男の人を入れるなんて考えたこともなかった。

「鳴海さん。使ってくれる気になりました？」

「今、お答えすることはできないです。後日ＤＭでお伝えします」

「そうですか」男はなぜか満足げだった。私の気持ちが揺らいでいることに気づいたのかもしれない。

去り際、私だけに聞こえるように言われた。

「あなたは必ず僕を加入させますよ」

不敵な笑みがぞわっと心を撫《な》でた。

「僕にはわかります。鳴海さん、あなたは僕を使うしかない」

体ごと吸い寄せられるようなその声を聞いた瞬間、冬の駅前の冷たい空気が、鼻先をかすめたような気がした。

「……入れちゃえば？」

チカが開口一番にそう言ったから驚いた。絶対に反対するかと思った。叔父さんと暮らすようになってからというもの、チカはこういう遠慮のない男の人を毛嫌いしているように見えたから。

あのマリヤという人が帰ってからほどなく、荷物をまとめてスタジオを出た。帰りの電車に並んで座って、三人で各自の意見を言い合っている。

「どうせ一カ月の使い捨てじゃん。やる気と実力はあるみたいだし、完全なサポートに徹してもらえばオッケーじゃない？」

「賛成。曲も調べてくれてたしね」焼肉まで、前向きなことを言い出す。

「でもさ、男なんだよ？」

私が言ったら二人とも「それがどうした？」って顔をした。マリヤが現れた瞬間は激しく拒絶していたくせに、寝返るのが早い。

「Ｇｅｎｕｉｎｅはガールズバンドでしょ？　それに万が一、誰かがあの人のこと好きになったりしたら最悪だよ。恋愛関係で仲間割れとか、そんなの絶対に嫌」

「だーかーらー、フェスまでのサポートだって言ってんじゃん。短期間だったら何も起こらないって」

「そうだけど……」

どこか引っかかる。危険な予感がする。

「なるちゃん、ぐずぐずしない方がいいって」焼肉が私の肩に手を置いた。

「あの人に協力してもらって、フェスも優勝しよう?」小さな子どもに言い聞かせているみたいだ。

「でも」

「ね?」

「……わかった」

しょうがないと思ってうなずいた。現時点では、マリヤはこれ以上ないほどの逸材だ。やる気もあるし見た目もいい。はっきり危険だとわかったわけでもないのだ。でも、それは性別を気にしなかった場合の話だ。本当にいいのだろうか。

まだ迷いつつある私が止める間もなく、焼肉はスマホを取り出してマリヤに採用のＤＭを打ち始めていた。送信すると、またもやすぐに返信が来たらしい。帰り際にスタジオを押さえておいたから、明日の同じ時間にもう一度会おうと言われた。採用が決まる前に予約をしていたということになる。一体どこまで自信満々なのか。

「いやあ、思ったより早く答えをいただけて助かりました」

次の日、時間通りに来たマリヤがにこっと笑って言うと「不採用だったら予約どうしてた?」と焼肉が間髪容《い》れずに訊いた。

「どうもしません。空室に料金が発生するだけです」

マリヤはまた、にこっと笑って答える。

アストロロックフェスまでの臨時加入が決まったのに、マリヤは私たちに素性をほとんど明かそうとしなかった。聞き出せたのは二〇歳の音大生だということと、二年前に上京してきたということだけ。少なくともＤＭのプロフィールとの食い違いはなかったことになる。

「敬語は僕の癖みたいなものです。なので、みなさんはどうかタメ口で。呼び捨てでも構いません」

「オッケーマリ！」

「Ｇｏｏｇｌｅ《グーグル》みたいな呼び方ですね」

会うのは二度目だというのに焼肉はすっかりマリヤになついて、私はそれがなんだか面白くない。チカはスタジオの隅に座って、無言でベースのチューニングをしていた。あくまでマリヤは仮のメンバーだから、必要以上の会話をする気はないらしい。

スタジオに入ってまだ二時間も経っていないのに、マリヤは『クローバーちゃん』のキーボードを完璧に習得してしまった。とりあえず、これで最低限のフェスの準備は整ったことになる。メンバー探しに焦っていたのがバカみたいだった。

「足の指で弾けそうです」

「そんなに簡単？」

「はい。あ、鳴海さん。ちょっと」

焼肉がドラムの練習に戻ったところで、ぞんざいに手招きされた。丁寧な喋り方には似合わない荒っぽい仕草だった。

「フェスで披露するのは、『この世はルビー色』と『クローバーちゃん』の二曲のみの予定ですか？」

「そうだけど」

「では、当日に間に合うようにもう一曲作ってください」

「はあ？」

なんてことを言うんだろうこの人は。フェスまではもう三週間を切っているのに。

「一つのバンドに与えられる時間は一五分です。鳴海さんの作る曲はどれもそんなに尺を取らない。『この世はルビー色』は三分一四秒、『クローバーちゃん』は三分二三秒です。わかりますか？　ライブ時のアレンジとMCを短めにすれば、三分弱の三曲目を入れる余裕ができます。でも、Ｇｅｎｕｉｎｅにはそこまで短い曲がない」

「マリー、『サフラン』があるよう」

「あれは三分一四秒です焼肉さん。使えば時間をオーバーしてしまう可能性がある」

突然、マリヤは私の両肩をがっちり掴んだ。距離が近い。

「いいですね鳴海さん。遅くとも再来週までに、二分四〇秒から五〇秒の新曲を作りなさい。今までのような、愛とか夢についてのぼんやりした曲じゃいけません。あなた自身の叫びを短く的確な形にしてください。いいですね？　中途半端は許しません」

「え、無理」

「始めてもないのに諦めるのは許しませーん」

もう嫌だ。こんな奴入れるんじゃなかった。「やれるだけやるから」と言うと、マリヤはようやく放してくれた。摑まれていた部分が痛い。

結局、私は始終マリヤのペースに巻き込まれてしまっていた。バカ丁寧な口調と、ときどき出る乱暴な仕草に調子を狂わされる。わかりづらい人だ。数時間でどっと疲れた。

家に帰ると、トイレに入ろうとしていた妹と目が合った。途端に、哀《あわ》れみのこもったまなざしを向けられる。意味がわからなかった。私はギターケースを背負ったまま、洗面台で手を洗った。リビングのドアを開ける。

「アンタ、ちょっといらっしゃい」

母に手招きされた。ダイニングの椅子には父もいて、険しい顔で私を見ている。

「これ、自分で応募したの？」

テーブルの上にあるのは、アストロロックフェスのチラシだった。先週、プロのゲスト枠としてドウガネが出演すると発表されたから妹がコンビニで見つけたのかもしれない。

〈全国から厳選されたアマチュアバンドによる、新世紀爆誕の瞬間を見逃すな！〉という派手なキャッチコピーの下、他の大勢のバンドと一緒にＧｅｎｕｉｎｅの名前が載っている。

「自分で、応募した」チラシの文字を見つめたまま答えた。

「どうして？　こういうのに出るのは二年生までって言ったわよね？　アンタ、わかったって言ったじゃない」

エントリーシートにある保護者のサイン欄を、去年までは父に埋めてもらっていた。けれど今年は進路を決めなきゃいけないから、許してもらえないと思ったのだ。他のメンバーに相談したら「うちの兄ちゃんがやるよ」と焼肉にあっさり言われた。他の項目は私が埋め、保護者のサインだけを焼肉のお兄さんに頼んで、私の両親には何も言わずに出した。チラシさえ見つからなければ、バレないはずだったのに。

「そんなにバンドばっかり構って、進路はどうするの？」

「チカたちと一緒の専門学校に行くから」

「思いつきでそんなこと言うもんじゃないわ。学費もタダじゃないんだから」

「思いつきじゃないって」

「大学へ行きなさい」それまで黙っていた父が口を開いた。

「おまえの頭なら、今から勉強すれば必ず間に合う。バンドは進学後も続けて構わないから、専門学校に行くのはやめなさい」

「でも……」

反発したいわけじゃないのだ。父は声を荒らげないばかりか、こんな奇妙な髪色の娘にも期待を寄せてくれている。裏切ってがっかりさせたくなかった。でも、他のことなんかすべてどうでもよくなってしまうくらい好きなものが私にはあると思った。期待を踏みにじって見捨てられたとしても、続けさせてほしいことがあった。一秒たりとも無駄にはしたくなかった。

「専門に行かせてください」

ギターケースを下ろして頭を下げながら、クサいなあ私、とこぼれ落ちるように思った。思春期のなんだかんだのときも、両親とは喧嘩しないようにしていたのに。これが反抗になってしまうことが悲しかった。いい子でいられない自分が情けなかった。

「……そのチラシのフェスで、優勝するから」

垂れた鼻水を啜《すす》りながら言った。泣いてなんかいないのに、湿っぽい音がして嫌だなと思った。

「そしたら考えてみてほしい。もし勝てなかったら、ちゃんと勉強して受験するから」

返事を聞くのが怖くて、逃げたらダメだと思ったのに背を向けてしまった。いよいよ後戻りできなくなったと思って、ちょっと荒くなった自分の呼吸を聞きながら一気に階段を上った。部屋に入って、ドアを閉める。私らしくない、メンバーがそばにいないときの私らしくないことを言った。自分が何かから逃げるのが嫌で、強気なチーターみたいな行動に出た。

興奮が残った熱っぽい指で勉強机の引き出しを開けて、曲を作るときに使っているメモ帳を出した。適当に開くと、ちょうど去年の冬ごろのページが目に入った。駅前で弾き語りをした日だ。あの男の人に言われてよっぽど傷ついたのか、シャーペンでガリガリガリガリ引っ掻いた黒い塊《かたまり》がある。

私は生まれたときからこの地区に住んでいて、それはチカも焼肉も同じだ。引っ越しの経験があるさやかだって、関東から出たことはなかったはずだ。私たちは地方の閉塞《へいそく》感とは無縁で、だからあのとき「温室育ち」と言われて悔しかった。舐《な》められたら困ると思った。何でもある便利なこの街の、安心できるこの地区の、住み慣れた家で歳をとる。恵まれたことを窮屈だと思っている自分に気がついた。誰かを頼る前提で行動しているのに、誰も知らない場所で一人きりになって思い切りバカをやりたいと思っている自分にイライライライライラした。

憎らしいマリヤの顔が脳裏に浮かんだ。「叫びを短く的確な形にしてください」と、にこっと笑って言っていた。駅前の人と同一人物でもそうでなかったとしても、私はあの笑顔を打ち負かしたい。妥協はしたくない！　ケースからギターを出した。信じられないほどの名曲を作って、あの余裕が崩れるところを見てみたかった。

「……で、あっけなく撃沈したんだ？」

「悪いかよ！　いや、悪いけど」

「まあ、鳴海にしては大胆な行動に出たんじゃない？」

私のことを鼻で笑って、チカはバナナオレのストローを噛んだ。焼肉はポッキーを一〇本くらいまとめて口に運んで、奥歯でばりばり砕きながら「なるちゃんカッコいいよ」と言う。そんな食べ方するアンタの方が一〇〇倍ワイルドだよ。

せっかく曲を作る気になったのに、両親との意見の食い違いの影響から、家でギターを弾きづらくなってしまった。おまけに妹が「生で壱春見たいからお姉ちゃんチケットちょうだいよーそれくらい融通利くでしょ」とうるさい。自分で買えばと言ったら、それはダメだとなぜか怒られた。関係者ブースに出入りできなければ意味がないらしい。壱春とのツーショが欲しいの、と妹は言った。知ったことじゃない。勝手に入って警備員につまみ出されればいい。

学校にいる時間だけを使って曲を作るのは難しい。放課後の部室や空き教室は他のバンドと順番に使っているし、毎日ギターケースを背負って自転車をこぐのはしんどい。それに、いよいよ受験一色の教室に楽器を持ち込んで白い目で見られたくもない。私はいくら雌ヒョウと言われようが気にしないけど、先生が聞きつけて呼び出しをくらうのは面倒だ。とにかく今は、部活の時間を縮める原因になるものは限りなく抹消したい所存なのだ。

フェスまでもう日数がない。私以外の三人が各自のパートを練習する時間も含めて逆算したら、来週までにはメロディを作っておく必要があった。こんな限られた期間で仕上げるなんて、提案者のマリヤも自分の首を絞めているようなものだ。よっぽど私を泣かせたいのか、絶対にＧｅｎｕｉｎｅを優勝させたいかのどちらかだと思った。

授業中、制服の胸ポケットに入れていたスマホが短く鳴った。先生が黒板の方を向いた瞬間に素早く開いた。マリヤからＬＩＮＥが来ている。

『こんにちは。制作の方いかがですか？』

相変わらずのそっけない文面。なのにあの顔が思い浮かぶと、にこやかに圧をかけられているような心地になるのはどうしてなんだろ。キラキラしたエフェクトがかかっていそうなマリヤの笑顔は、完璧すぎてなんだか見ていると怖い。

『順調とは言えません』

文体を真似るつもりでシンプルに返信してみた。数秒後に既読がついた。

『不本意です。その心は』

『家でギターを弾けなくなったからでしょう』

また、少しの間を空けて既読がつく。

『は。ｓｈｉｔ』

思わず噴き出してしまった。マリヤがあの笑顔を保ったまま、こめかみに血管を浮かせているのを想像してしまった。

「鳴海さん、どうかしました？」振り向いた先生に尋ねられた。

「何でもないです」

スマホをポケットに戻そうとしたら、また新しい返信が来た。

『曲作りの場所がないのでしたら提供します。今日の放課後に僕の家へおいでなさい』

灰色っぽい何かが、ヒュッと心臓のあたりをかすめた。

こんなことを言われて、ハイ喜んでとありがたがって誘いに乗るほど私はバカじゃない。メンバーを募集したとき、一日足らずで送られてきた大量の迷惑メッセージを私は未だに覚えているし、マリヤを信用したわけでもない。あの人には裏がある。いつかどこかで、いとも簡単に荒っぽく足を掬《すく》われるんじゃないかと思う。

画面にはまた新しい吹き出しが現れた。『住所を添付します』と有無を言わせぬ雰囲気だ。授業が終わってから、チカと焼肉にＬＩＮＥの文面を見せた。

「いや、明らかに怪しいだろ」チカは吐き捨てるように言った。

「マリリン、いい人っぽいけどねー」焼肉は面白そうに何度もトーク画面を見返している。

「菩薩《ぼさつ》系男子ってやつ？」

「一緒に来てくれない？　一人で行くのはなんか嫌だ」

だってこのままだと、曲を作るための場所がないのだ。公園や駅前みたいな野ざらしの場所で集中できるほど私は器用じゃない。それにもし完成させられなかったら、大げさかもしれないけど、笑顔のマリヤに髪を掴まれて川に落とされるくらいのことはされる気がする。Ｇｅｎｕｉｎｅのフロントマンは私のはずなのに、いつの間にかマリヤに主導権を握られていることに気づいて呆然とした。

「あたしムリ。新曲には興味あるけど、帰って先週の化学のレポートやらないと先生しつこいから」チカがぷるんとした唇をへの字にして言った。

「姉ちゃんがデートだから、今日は店手伝わないといけないんだよね」ごめん、と焼肉も手を合わせる。

「わかった、じゃあ行くのやめるわ。怖いし」

二人に手を振って教室を出て、一人で駐輪場まで下りた。空にかかる雲が分厚い。もうすぐ雨になるかもしれない。自転車に乗って家へ帰る途中、信号待ちをしていたらスマホが鳴った。母からだった。

「アンタ、また学校にギター持っていってるの？」

尖った声が鼓膜を突いた。どうせもう少しで家に着くから、小言なら面と向かって言えばいいのに。私がまた逃げ出すつもりでいることを勘付いてるんだろう。

「人生いつまでも遊んでいられるわけじゃないのよ。バカな髪色も早く戻しなさい。推薦入試も今から間に合うところを探して」

「うざい」

怒りに任せて電話を切ってしまって、罪悪感で胸がちくりと痛んだ。信号は青になったけど、進む気力がない。こんな電話を切ることぐらい、平気でできちゃえばいいのにと思った。私は、いつも一歩手前で悪い子になれない。自分の真面目な部分がひどくうっとうしかった。自転車のペダルに置いたローファーの上に、降り始めた雨の一滴目のしずくが落ちた。

また電話が鳴った。母なら出たくないなと思って、暗い気持ちのまま画面に目を落とす。マリヤからだった。

「鳴海さん？　大丈夫ですか。迷子になってませんか？」

心配、という言葉が、声色《こわいろ》から浮かんでくるようだった。

「傘を持っていないなら迎えに行きましょうか」

そんなに優しい声で言われたら、断れるはずがなかった。自分のなかで張り詰めていた糸が、ぷつんと切れた気がした。

「鳴海さん？」また、マリヤに名前を呼ばれた。

「すぐに着くから待ってて」

怖いだなんて、そう思っているだけ自意識過剰なバカみたいだ。怪しくてもあの人を信じたいと思った。曲作りに利用させてもらうだけだ。マリヤを頼ってみたかった。

教えられた住所は、信号から自転車を一〇分ほど走らせたところにあった。小綺麗なマンションを想像していたのに、ずいぶんと古そうな木造の小さなアパートだ。

「お待ちしてました」

私の前で慇懃《いんぎん》に頭を下げるマリヤは、その家の雰囲気にまったく合っていなかった。きしむドアを開けると、雑然とした部屋の様子が目に入った。ピアノ関連の本が山積みになっていたり、汚れた食器がシンクに溜まっていたり、同じデザインのスキニーやジーンズが何着も洗濯機からあふれていたり。こんな状態でよく人を呼ぼうと思ったものだ。室内は空気がこもっていて、外より温度も湿度も高い気がした。全体を見渡してみても、ソファやテーブルなどの家具は見当たらない。家電は最低限だけそろえているようで、奥のキッチンに古ぼけた冷蔵庫と電子レンジがあるのがわかった。

「適当に座っててください」

荒っぽい手つきで肩を下向きに押されて、私はラグにすとんと腰を下ろした。マリヤはキッチンに入っていった。

ギターケースからアコギを取り出し、ぽろぽろと爪弾いた。ピックを取り出して指の間に挟んだ。湿気のせいか息が詰まった。部屋の暗い雰囲気が、私の内側にまで侵食してきたみたいだ。指が言うことを聞かなくなって、力加減が狂う。リズムが乱れる。パキッ、と音がして手の中でピックが割れた。溜め息が漏《も》れた。

利用させてもらう、なんてさっきはずいぶん強気だったはずなのに、今はどうしてか少し泣いてしまいそうだ。普段のマリヤの人物像と、かけ離れた一面を見たからだろうか。ギターを下ろし、切れかかった照明の下で私はオレンジ色のピックをつまんだ。不均等に二つになった破片に漠然《ばくぜん》とした不安を感じて、落ち着け、と言い聞かせた。紅茶を淹《い》れたマグカップを二つ持って、マリヤがキッチンから戻ってきた。

そのとき、インターホンが鳴った。続いて、乱暴なノックの音。驚いたマリヤが肩を揺らした。

「敦也《あつや》くーん、いるんだろう。出てきなさい」

男の人の低い声だった。

私を見下ろすマリヤの顔から、瞬《また》く間に表情が抜け落ちていった。手を震わせている。カップから跳ねた紅茶が床に垂れた。ガチャ、とドアの取っ手が傾いた。鍵がかかっているのに、外側から無理やり回されているのだ。

「敦也くん！　どうして集会に来ないんだ。私は君のためを思って言っているんだ。開けないか！」

「マリ……」

言いかけて気づいた。ドアの向こうの人は、敦也という人に向かって怒鳴っている。なのにマリヤは、まるで自分が呼ばれたかのようにおびえている。

「敦也くん敦也くん敦也くん、開けなさい敦也くん敦也くん」

ガチャガチャガチャガチャとドアの取っ手は引っ張られ続ける。合間にインターホンも鳴って「うるせえぞ！」と別の人の声も聞こえた。マリヤの手の震えが激しくなって、あ、と思った瞬間にカップが一つ指の間から落ちた。派手な音とともに床に叩きつけられて割れて、ラグに到達した紅茶が染みを作った。

「……行かなきゃ」

初めて聞く弱々しい声だった。口を半開きにしたまま、私は何も言えなくなる。怖くなって目を伏せて、もう一つのカップが落ちないうちに取り上げた。メリッ、とドアの取っ手が変にきしんだ。

「……僕が先に出て、あの人と一緒に行きます。鳴海さんはまっすぐ帰ってください」

「マリヤはどこに行くの？」

「……あんまり、よろしくはないところです」

冗談めかした笑顔が頼りなかった。行かせられない、と咄嗟《とっさ》に思った。こんなにおびえている人を盾《たて》にするなんてできない。

「二人で出ようよ」

私はなるべく静かにギターをケースにしまって言った。

「無理。追いかけられますよ」

「大丈夫だって」

この人を助けたいと思った。私に電話で「大丈夫ですか」と声をかけてくれたこの人を、私もここから連れ出したい。立ち上がろうとしたとき、膝にカップの小さい破片が刺さった。「痛い」と、なぜかマリヤが小声で言って顔をしかめた。私は変な声で笑って破片を引っこ抜いた。

まだ渋っているマリヤの手を引いて、ドアを蹴破るように開けて外に飛び出した。無精《ぶしょう》ひげの男の人が立っていた。何か怒鳴られた気がしたけれど、聴覚に気を回す余裕はない。手を伸ばされる前にこちらから押しのけて、アパートの階段をずかずか下りた。ギターケースを摑まれたけど振りほどいた。階下に着いてから走り始めた。

雨の中で転ぶのを気にしているのか、マリヤは走るのが遅かった。階段のときは横並びだったけど、道路に出るとすぐに私が体ごと引きずっているみたいな状態になる。水たまりのある場所も気にせず踏んだから、バシャバシャと飛沫《しぶき》が散った。

「右！　右に曲がってください」

マリヤが後ろを確認しながら言った。言われた通りに曲がるとチェーン店のカラオケボックスが見えた。「入って」と言われたから、自動ドアのボタンを連打して滑り込む。

「あれはこういう俗な場所には入っちゃいけない決まりになってるので」

しずくを払いながらそう説明されたけれど、どういう意味なのかいまいちよくわからない。エレベーターを上がり、二階にある受付から少人数用の部屋に通された。マリヤが私の方を向いた。

「一人になった方が集中できますか？　僕もいた方がいい？」

「はい？」

「今日は曲を作るんでしょう？」

当たり前のように言われて絶句した。私が気づかないうちに、マリヤはいつもの完璧な笑顔にすっかり戻っていた。さっきまでのおびえた表情の名残すらない。

「あの、マリ」

「必要なものはありますか？　ギターとスマホと筆記用具があれば大丈夫？」

「本気で、ここで曲を作れって言ってんの？」

「そうです。やる気があるから僕の家に来たんですよね？　鳴海さんに才能があるなら、どこで制作をしたって同じでしょう。できないなんて言いませんよね」

口角は上がっているけれど、詰め寄ってきた目が笑っていない。こんなのほとんど脅迫だった。雨の中を走ったせいでマリヤのオールバックからは髪がいくらかはぐれて、形のいい額に黒々とした筋を作っている。

「何時間くらいでできますか？　コード進行はもう決めてある？」

「無理だよ。そんな簡単に作れるわけないじゃん」

「早く答えてください」

「だから無理だって」

「うるせえ。やれっつってん、でしょう」

急に口調が変わった。気圧されて息を呑んだ私を見て、マリヤはなぜか自分が怒鳴られたような顔をした。握った拳が何かを殴りたそうに震えている。

マリヤが無言で出ていった後、私は黒い人工皮革《ひかく》のソファに寝転んでアコギに手を伸ばした。怒りに任せて、メジャーもマイナーも関係なくジャカジャカと弾き鳴らした。

私は、人を振り回しておいて被害者面《づら》をする人は嫌いだ。名前を偽《いつわ》って、性別も隠して、そこまで言いたくないことがあるのだろうか。許せなかった。それで私のバンドのメンバーになれると思われているのが悔しかった。

本物のカッコいい音楽ができなくても、私はマリヤに本心を話してほしかった。話してほしいと思っていると、直接言わずに伝えたかった。私を怖がらせたからには、すべて打ち明けるまでは死んでも解放しない。このままでは対等じゃない。

外では雨が降っていて、両隣からは絶えず他人の歌声が聞こえてくるのに私は制作にのめり込んだ。時計なんか一度も見ずに、一気にキリのいいところまで仕上げた。アコギを置いて立ち上がり、窓のブラインドに指を差し込む。すっかり暗くなった外が見えた。ひんやりした空気に触れて、ほてった頬が冷めていくのを感じた。ひっきりなしに落ちていく雨粒を見ながら、マリヤに電話をかけた。

「……鳴海さん？」

「だいたいできたよ。聴きに来て」

「すぐ行きます」短いやりとりの直後に電話は切られた。

ソファの背もたれの上部に片方の耳をくっつけて、半分無音になった空間で私はマリヤを待った。血液が忙しく全身をめぐって、ちゅいんちゅいんと鳴っていた。

五分もしないうちにマリヤが入ってきた。私を見て、尋ねるように小さく首をかしげる。革がダメになってしまうほど水を含んだライダースが重そうだった。何か言われるよりも先に、私はアコギを短く鳴らした。

「雨の中急いで来てくれてありがとう。『マリリン』という曲です。聴いてください」

ギターを弾いて歌う私を、マリヤは身動き一つせず無表情で見つめていた。私が弾き終えて立ち上がると、無言のまま一気に距離を詰められた。肩ごしに壁に両手を突かれて、呼吸をするのをためらう。近すぎて逃げられない。

「……ムカつく」

自分の耳を疑った。ふざけた様子ではないマリヤの顔を見て、聞き間違いじゃないとわかった。

「だから初めて見たときから嫌いだったんだよ。苦労して音大入った俺のプライドを才能でへし折るのは楽しいか？」

一言も聞き逃さず理解したのに、何一つ反論できなかった。マリヤからは、温度の低い悲しい匂いがした。雨の日のアスファルトみたいな湿った匂いだった。

「去年の横浜駅だよ。覚えてるだろ」

ギリギリと肩に指が食い込んだ。私がうなずくと、マリヤは「最初から疑ってただろ」とさらに目を細めた。

「俺、もう本気になりたくないんだよ。鳴海と駅で場所が被って、負けたって思わされた。こいつはうすっぺらい歌詞からして絶対大した苦労もしてないのに才能だけでこんな曲作れて、でも俺は大学そっちのけで宗教の勧誘してて、なんで、なんで俺がこっち側にいるんだって思った。おまえのせいで目が覚めたんだよ。俺、あのままあいつらに洗脳されて入信した方がいっそ幸せだったのに」

そんなはずはない。今日、部屋に来たのはきっと宗教関連の人だ。あんなにおびえていたのに、洗脳された方が幸せだなんて本心のはずがない。この人は嘘を言っている。そう思った瞬間、私はマリヤの重いライダースの肩越しに、今までの不信感や違和感が滝のように流れては暗い室内に溶け込んで消えていくのを感じた。

私が黙って首を振ると、マリヤは「何」とつぶやいた。

「俺のこと話せって？」

たくさんの言葉にしなくても、今日作った曲からこの人が私の思っていることを汲《く》み取ってくれればそれで充分だと思った。怒鳴られたとしても、肩に指の跡が残ったとしても、本心をさらけ出してくれたら嬉しかった。そうじゃなきゃバンドは一緒にやっていけないからだ。この人は演技をしている。偽名を使っている。抱えているものだってぼんやりとしか知らない。目力の強い瞳がぐっと迫ってきて、血液が体の中心に集中するのがわかった。私の心臓がカラオケの狭い室内をバクバク走り回るのが見えそうだ。マリヤがまた口を開いた。

「俺、自分がよくわかんない。鳴海のことすげえ嫌いだし全部台無しにしたいのに、他のどのバンドよりＧｅｎｕｉｎｅが一番だと思ってる」

「キザだなあ」

「黙れ」

肩に置かれた手がぴくりと動いて、思わず身構えた。また、傷ついた顔をされた。空気を切り替えるみたいに、ぽんと軽く肩を叩かれた。

「……先に帰ります」

喋り方を変えると、中身まで別人になってしまうみたいだ。部屋に一人で取り残されて、私はしばらく呆然と立ち尽くしていた。

　私だって、自分がよくわからなかった。嫌いと言われて悲しかったし、黙れと怒鳴られて悔しい。でもその反動で、Ｇｅｎｕｉｎｅが一番だと言われたことが光ってまぶしすぎるくらいだった。私がずっと欲しかった言葉だ。ここで出すなんてずるいと思った。どんな花や宝石を贈られるより嬉しくて、マリヤがとても素敵に見えた。私の中のバンドマンじゃない部分までつられてぐらっと傾いて、この人を大切にしたいと思ってしまった。


「マリヤとなんかあった？」

　いきなり尋ねられたから、すぐには否定できなかった。フルーツミックスオレのストローを噛んでチカがにやにやしている。あたりを見回すと、クラスの子たちはどこにもいなかった。私がぼーっとしている間にホームルームは終わったみたいだ。

「曲作りに来いって言われた日からなんかおかしいし、できたと思ったらタイトルが『マリリン』だし。白状しなよ」

　何もないよと言おうとしたら、机の上のスマホが鳴った。「噂《うわさ》をすれば」とチカが口の端をさらに持ち上げる。

「何？」応答ボタンを押して、自分の声が緊張していることに気づいた。

「鳴海さん。今、誰かと一緒にいますか？」

「チカが隣にいるけど」なんでそんなこと訊くの？

「もしもし、マリヤさーん？　鳴海に変なちょっかいかけるのやめてくんない？　フェス間近だよ？」

チカが私からスマホを取り上げて喋った。「ちょっと」と言ってひったくると、マリヤの乾いた笑い声が聞こえる。

「やだなチカさん、変な誤解しないでくださいよ。誰があんな目つきの悪い女」

「鳴海です。なんで電話してきたの？」

「あ……明日のスタジオの時間を確認したかったのです」

「一時から」

「はいわかりました」

ブツッと一方的に通話は切られた。そばで聞いていたチカが「小学生かよ」と笑っている。

「変なのに好かれたね」

「好かれてないから」

「焼肉の予想が当たってんじゃん。歌ってモテを呼び寄せる女、鳴海」

「だから違うって」

これまで以上に、マリヤが私との距離感に気を配っているのは確かだ。ふと視線を向けると必ず目が合うし、直接は話しかけてこないくせに、ＬＩＮＥでもいいことをわざわざ電話で訊いてくる。何か話したそうな気配を見せるくせに、こちらから尋ねると必ず逃げる。でもそれは、チカの言うような好意ではないんだと思う。

マリヤは、私のことが嫌いだと言った。けれどマリヤがいなければＧｅｎｕｉｎｅがフェスには出られないのと同じように、きっとマリヤもバンドから離れるつもりはないのだ。嫌いだムカつくと言いながらも、あの日のマリヤは確実に私の曲に心を動かされていた。一番だと言ってくれたのは本心だったはずだ。

「ギターの調子はどう?」

フェス前の最後の練習で、マリヤにぽつりと尋ねられた。

「壊れそうなところはない?」

私の前ではもう演技をする必要はないと判断したのか、二人で話すときはすっかり敬語が取れている。私は自分のギターを見下ろした。弦は張り替えたし、接続もばっちりだ。ピックも使い慣れた蛍光オレンジのダンロップをそろえた。

「大丈夫。準備万端」

私がうなずくと、マリヤは眉間に軽くしわを寄せたまま笑った。その顔を見ていたら何か伝えたくなって、でもやっぱり何も考えられなくなった。「マリヤこそ調子を崩さないように」と言ったら、「それだけは絶対ない」って突き放すみたいに笑われた。

焼肉のお兄さんに車を出してもらって、朝の六時、アストロロックフェスの会場になっている千葉のキャンプ場へ向かった。車が振動するたびに、後ろに積んだ機材がカタカタと鳴る。ずっと窓を開けっぱなしにしていたら、頬に当たる風が徐々に緑っぽい匂いをはらんだものになってきて、目的地に近づいているのを感じた。

「Ｇｅｎｕｉｎｅです」

「はい、お疲れさまでーす」

チケットを見せて楽屋テントに入った。他のバンドもすでに到着していて、知らない顔にも挨拶をするべきなのか迷う。考えているうちに焼肉が「おはようございます！」と大声で言い回っていて、すでに何人かには無視されていた。

テーブルの上にあった〈Ａｒｔｉｓｔ《アーティスト》　Ｐａｓｓ《パス》〉と書かれたシールに名前を書いて、Ｔシャツの腕の部分に貼った。油性ペンのインクがにじんだ自分の字が、緊張のせいかいつもよりとげとげしかった。

楽屋はいくつかに分かれていて、出場する二〇組のうち、三組しかないガールズバンドは一カ所に集められていた。Ｇｅｎｕｉｎｅは全員女性メンバーとして登録していたから、当然私たちもそこに振り分けられている。どこを見ても女の人ばかりで、マリヤはあからさまに居心地が悪そうだった。「飲み物買ってくる」と私に耳打ちして、逃げるように外へ出て行ってしまう。私はチカと並んで椅子に腰を下ろした。

「大丈夫?　まだ車酔いが残ってるの?」

今日のチカは朝からどうも元気がない。私が訊いてもただ首を横に振るだけで、ペットボトルに挿したストローを嚙み続けている。

「具合悪い?」

「平気」

声が聞けたと思ったら、短い答えが返ってくるだけだった。

私はケースからギターを出して、ストラップピンが緩んでいないか確認した。鮮やかな水色のボディーを撫でて、ずいぶん弾いたなと思う。このギターをあこがれのステージで弾けるなんて、買ったときには想像もつかなかったことだ。

振り返るといつの間にか焼肉がいて、車から降りたときにお兄さんにもらったラムネを食べていた。チカに緑色の筒を差し出して「いる?」と訊いているから笑ってしまう。バンドを組んだ日と同じだ。チカは唇をひくひくさせて「いらない」と答えた。

トップバッターのバンドが登壇してからしばらくたって、ミネラルウォーターのペットボトルを不必要に三本も買ったマリヤが楽屋に戻ってきた。「客席はすごい人口密度です」と言って、流れるような動きで私の隣に座る。プレハブのドアが閉まるまでの間に、大勢の人のざわめきが聞こえてきた。どのくらいの観客がいるのか知るにはそれで充分だった。

マリヤは横目で私の様子を覗《うかが》っているくせに、何も言ってこない。沈黙に耐えきれなくなって、ペットボトルを指して「一本ちょうだい？」と言ったら、「もちろん」と途端に不敵な笑顔になった。

素直に渡してくれるのかと思ったら、マリヤはまだ飲んでいないボトルを手に取り、焼肉のラムネを一粒入れた。キャップを閉め、ガシャガシャと振ってから渡してくる。

「私が甘いもの苦手だって、知ってるよね？」

「はい？　何のことだろう」

小学生の嫌がらせみたいで呆《あき》れてしまう。私が焼肉のお菓子攻撃をいつもかわしているのを見ているから、知らないはずがないのだ。これで私を笑わせるつもりなら、マリヤも緊張で頭のどこかがおかしくなっているんだと思う。

焼肉がスマホを取り出して、ＹｏｕＴｕｂｅで配信している外のボードの中継を見始めた。私もチカもマリヤも画面に吸い寄せられるように、首を伸ばして眺める。

アストロロックフェスでのバンドの順位は、来場した客がボードに貼るシールの数とＷｅｂ《ウェブ》での投票数で決まる。ボードにあるＧｅｎｕｉｎｅのスペースに、まだシールは一枚もない。順番が回ってきてないから当たり前だけど、このまま最後まで一人も貼ってくれなかったらと思うととても怖かった。

「Ｇｅｎｕｉｎｅさん、スタンバイお願いしまーす」

楽屋のドアが開いて声をかけられて、心臓が飛び跳ねた。

ステージでは、私たちの一つ前のバンドが最後の曲を演奏し始めたところだった。客席では、立ち上がった観客が手を掲げている。

ギターが前に出て煽《あお》ると、歓声が大きくなった。ボーカルがハンドマイクを頭上に掲げると、額から汗が飛び散った。

次は私が、あの場所に立つのだ。

「デイリームーンライト、ありがとうございました。——ネクスト！　神奈川県からやってきた四人組学生ロックバンド、Ｇｅｎｕｉｎｅ！」

司会の声とともに派手な音がして、煙幕《えんまく》が張られた。ステージからは客席が見えなくなった。リハでも言われたように、移動を始めるのは煙が完全に充満してからだ。コードを蹴散らさないように歩きながら、私はスタンドマイクの前のテープが貼られている位置に立った。

強い風が吹いて、一気に煙が晴れる。

そこにいる全員が私を見ていた。自分の指が震えているのがわかって、拳を握り締めて止める。予備の楽器のそばにあったガムテープを使って、スタンドマイクにタイムスケジュールとＭＣ内容を書いた紙を貼り付けた。ギターを構え、マイクを口元に引き寄せた。

「ご紹介にあずかりましたGenuineです、一五分という限られた時間ですが最後まで最高な演奏してやるぜついてこいよア・ス・ト・ロ！」

ア、ス、ト、ロの部分に合わせて焼肉がスネアを叩いた。一曲目の前奏が始まった。ピックを手のひらから出して、弦をはじく。思い描いていた通りの音が鳴って、思い通りの声が出る。完璧な音が左右と後ろから鳴っている。

観客の突き上げた何十本もの腕が日の光を浴びてまぶしい。手に入れた景色に満足して、他に何もいらなくなった。死ぬ直前にもきっと今と似た景色が見えるはずだと思った。

「ロックインスクールに出てたひとー？」

一曲目が終わると、観客の一人に大声で訊かれた。

「そうです！　ラジオ聞いてくれてありがとう」

答えながら、届いていると思った。ここに立つ前、聴いてくれる人の顔もわからずがむしゃらにやっていたことも、伝えたかったことも、すべて届いていると思った。

二曲目の後奏のとき、また強い風が吹いた。前髪が吹き上げられて目にかかった。何も見えない。目に入った砂が痛い。払おうとして、右手を大きく振った。ガツッ、と鈍い感触があった。

目を開いてまず飛び込んできたのは、ゆっくり倒れていくスタンドマイクだった。ステージの床にマイクが当たって、キイィ――――ンという音が響く。驚いた三人が演奏を止めた。一瞬で静かになった。

体の中身が、からっぽになってしまったみたいだった。一年前の私が、客席のど真ん中で息を詰めて今の私を見ている気がした。脳みそがなくなって、何も考えられなくなった。筋肉がなくなって、手も足も動かせなくなった。

「鳴海！　動け！」

チカが叫んだ。私は我に返って、脚《あし》をがくがくさせながらマイクのスタンドをまっすぐに立てた。早く、早く場を持たせなければならない。声を上げようとして、マイクが刺さっていないことに気づいた。ステージの床に転がっているのを見つけた。拾って、口に近づける。息を吹きかけると響く。壊れてはいない。

ダメになったのはスタンドの方だった。マイクを刺すプラスチックが、ぽっきり折れてしまっていた。振り返っても予備はない。スタッフが取りに行ってくれているのかもしれないけど、それじゃ間に合わない。飽きて離れていく観客は止められない。

マイクがなければ歌えないし、マイクを持てばギターが弾けない。これで終わり？　と全身から力が抜けた。私の弱気な部分が、また顔を出したのだ。今は三人と一緒にいるのに。自信のある私でいられるはずなのに。

「ガムテープ！」

客席から声がした。

「鳴海ちゃんガムテープ！　さっきセトリ貼ってたやつ使え！」

壱春さんだった。ゲスト枠の出番までまだ時間があるのか、ちゃっかり最前列に陣取っている。気づいた周りの人が「うわっ子猫ちゃんだ」と騒いでいた。

溺《おぼ》れて浮き輪を投げられたみたいだった。考える間もなく私は叫んだ。

「ありがとう！　Ｇｅｎｕｉｎｅはまだ歌えます」

後ろにあったガムテープを取った。腕時計を確認した。一五分のうち一〇分が過ぎて、本来ならＭＣをしている予定の時間だった。あと二〇秒でマイクをスタンドに固定できれば、『マリリン』を始める予定だった秒数に必ず間に合う。あの曲をやらないままでは終われない。

残り一九、一八秒でマイクを斜めに固定して、ガムテープでぐるぐるぐるぐるスタンドに巻きつけた。一四、一三秒でテープを置いて、残り一〇秒でギタボの立ち位置に戻った。『マリリン』開始まで残り九秒、ピックを指に挟んで完全に準備ができた。

息を吸って、マイクに向かって叫んだ。

「お待たせしました！　今お見せしてしまったように、私は全然カッコいい人間じゃありません。でも、本物のカッコいい音楽ができるって信じてます。私たちの曲を聴いてくれる人がいる限り、何があっても自分から鳴らしに行って必ずあなたに届けます。たとえあなたが私を嫌いでも、私は、この曲を聴いてくれるあなたが好きです」

マリヤの顔は見えなかった。でも、私のMCに応《こた》えるように、キーボードの最初の一音が強く鳴った。

楽しくて、幸せで、内側から押し出されるみたいに涙がこぼれた。言葉が喉に詰まって上手く歌えない。でも声を出し続けた。曲の最後の音の余韻《よいん》が消えたとき、それまで照っていた日が雲に隠されたのがわかった。終わってしまうのが寂しくて、私は顔も拭わないまま、ステージにぺたんと膝をついてギターのネックに縋りついた。


「あざとすぎてムリ」焼肉がスマホを見ながら言った。

「何が?」

「さっきのガムテ事件だよー。ツイッターで検索かけたら、ヤラセだってつぶやいてる人がいたの。あんなの全部計算、ギタボの鳴海って奴あざとすぎてムリ。だって」

「うわー、傷つくなあ」

私が大げさに顔をしかめると、マリヤが声もなく静かに笑った。出番は終わったというのにチカはまだ青い顔をして、目を瞑《つむ》ったまま祈るように両手を組んでいる。

外のボードには徐々にシールが増え始めていて、フェスはまだ続いているのに、もう自分の中の一番を決めてしまった人が一定数いるみたいだ。ステージから離れた場所、オリオンビールと書かれたベンチに四人並んで座って、遠目にボードを眺めた。現時点ではG ｅｎｕ·ｉｎｅが一位だった。思わぬ事故には焦ったけど、それで観客の心を揺さぶれたならこんなにいいことはない。事実ヤラセではないのだから、何を言われようが平気だ。このままいけば優勝できる。それだけが重要なことだと思った。

「あの」マリヤが挙手をした。どうぞー、と焼肉が手で発言を促《うなが》す。

「最悪なネタバレしてもいいすか？」

「何？」

「俺、カルト教団にハマりかけてたんだよね」

ベンチから落ちかけた私を、マリヤがロボットアームみたいな動きで瞬時に支えた。腕を摑まれたまま目が合って「ここで話すと思わなかった？」と笑われる。

「何そのキャラ？　ですますじゃない喋り方できるの？」

状況を理解していない焼肉は混乱していた。それはチカも同じようで、眉をひそめて食い入るようにマリヤを見ている。ベンチに座り直して、マリヤは軽く息をついた。

「俺、大学入る年に一緒に上京したマリって幼馴染《おさなな》《じ》みがいるんだけどさ。去年の夏、その子に誘われてセミナーに参加したんだよ。儀式の動画を見せられたり、教祖の名前を叫びながら太鼓《たいこ》叩かされたり、あと登山もあったな……とにかく色々やらされた。最初はマリを抜けさせるつもりで行ったんだ。でもおかしな話だけど、ほんとにだんだん考えが変わるんだよ。地球はもうすぐ終わるから救ってくれるのはマイマイ様しかいないって、俺、山を登りながら本気で思い始めてた」

「こわ……」焼肉がつぶやいた。マリヤはうなずく。

「怖いだろ。でもマリの方が確段にのめり込んでた。ピュアだからだまされやすいんだよ。食費を削って、バイト代も仕送りもどんどんお布施《ふせ》グッズにつぎ込んで……。最後まで残った奴らは、勧誘の人員にされてさ。それも教徒を選別する修行の一環だって言われた。俺、結構貢献したよ。センスあるって褒められた。役に立つことが楽しくて、住む場所も教団の本部がある横浜に移した。無害そうな顔してバカ丁寧な喋り方で近づいたら、大抵の人は案外簡単に心を開いてくれるもんなんだな」

丁寧すぎるくらいの敬語。勧誘と同じ方法を私たちにも使っていたのかと思って、針でつつかれたみたいに胸が痛んだ。マリヤが私を見て「ごめん」と謝る。そんなに顔に出ていただろうか。

「去年の冬にいつも通り駅で勧誘しろって言われて行ったら、鳴海が弾き語りしててさ。そのとき一瞬だけ正気に戻った。俺、大学でバンド組んでたんだけど、セミナー行ってた二カ月間練習に参加しなかったらクビにされてた。鳴海見てそれ思い出して、すげえみじめになった。音大生なのに一番大事なことサボって何やってんだって。あとは悔しかった。知ってる？　音大って天才がゴロゴロいるんだよ。ただでさえ授業でコンプレックス抱えてんのに、駅でまで年下に才能の差を見せつけられたら、もう、限界だよ。こんな奴、根元から早くへし折らなきゃと思った。鳴海の顔と名前を覚えた」

それで、この人はサポートメンバーに立候補してきたのだ。私を潰すために。

「自分のことを潰そうとして、俺がＧｅｎｕｉｎｅに入ったと思ってる?」

図星を指されて顔を上げると、マリヤは困ったような顔で私を見ていた。

「それ、半分だけ合ってる。残り半分は試してた。もし鳴海の根性に負けたら、俺、そのままバンドに居座ろうとしてた。ずるいってわかってるけど、今でもそうしたいと思ってる」

「マリヤも本当の名前じゃないでしょ?」

「うん。もう知ってると思うけど、本当の名前は敦也。ツイッターのアカウントはマリのを勝手に借りた」

「なんで?」

「俺、ＳＮＳ苦手だもん。自分のメアドとか登録したくないよ。いつ通知が来るか気になってしょうがないじゃん。ＤＭ送った直後に、マリの投稿も全部消してさ」

マリヤ——敦也がそう答えたのを最後に、四人ともしばらく黙り込んだ。

とりあえず、楽屋に戻ろうか。私がそう口を開こうとしたところで、ステージの方からキーンという音がした。メガホンだ。

「Ｇｅｎｕｉｎｅのメンバーの方いらっしゃいませんか!　結果発表の時間になりました

ので至急お戻りください！」

「もうそんな時間？」四人で顔を見合わせた。「そんなところに！　早く！」気づいたスタッフから大音量で呼ばれて、ベンチから勢いよく立ち上がる。

敦也が一番に駆け出したはずなのに、振り返ったらチカにも焼肉にも抜かされていた。ハイソールのスニーカーを履《は》いているせいだ。「本気出して！」と急《せ》かしたら、「鳴海」と呼び止められた。そんな余裕はないのに。

「フェスが終わっても、もう少しだけメンバーでいさせて」

「そんなこと話してる場合じゃないって」

「今、いいって言ってくれないと困る」敦也は目を細めた。

「俺、本物のマリを助けなくちゃいけない。あいつまだ教団から抜け切れてないんだ。俺が鳴海たちとキーボード弾いてるのを見たら、きっと正気に戻る。音楽が好きで東京に来た自分が何に熱中するべきなのか思い出すと思う。だから頼む」

片手を両手で握られた。これも勧誘で習得した、人に心を開かせるスキルの一つなのだろうか。だとしたら卑怯《ひきょう》すぎる。私の心臓はまたバクバク言い始めて、あからさまに顔に血が上ってしまう前に急いで振りほどいた。

「わかったから！　早く行こう」

はるか先にいるチカと焼肉は、もうステージへと続く階段に到達していた。私は敦也のペースに合わせることを諦めて足を踏み出した。

前へ前へと進むたびに、ボードのシールの点の数がはっきり見え始める。たくさんの数え切れないほどの人が私たちを選んでくれている。一番だと言ってくれている。

でも、足りない。

がくんと膝から地面に崩れてしまいそうになった。ここで立ち止まってはいけない、でも視界がぶれ始めていた。これ以上は何も見たくなかった。

視界を覆《おお》われたと思ったら、すぐ後ろまで迫ってきていた敦也にタオルを押し付けられていた。使えよという声が布地の向こうから聞こえて、泣いてないしと言った自分の声が震えているのがわかる。小さな子どもみたいに、敦也に手を引かれてステージに連れていかれた。

「遅れてすみません」

そう言いながら他のバンドと並んで立ったとき、噛んだ唇から血がにじむほど悔しがっている自分に気づいた。優勝できなければ意味がない。このフェスに参加できただけで満足していた私は、もうどこにもいなかった。

「すべての出場者がステージに集結したところで、シールボードの結果を発表いたします」

司会者がマイクを通して喋った。

「第一位、愛知県からやってきたスリーピースバンドのデイリームーンライトで五〇六票。

第二位、東京都の四人組バンド瓦礫《がれき》の山で四七二票です」

キーボードを弾くためだけに作られたみたいな長い指で、タオルをさらに強く強く押し付けられる。目の奥が痛いくらいだった。文字通りの真っ暗だ。足元がふらついて何も見えない、でも何もかも聞こえた。私たちに向けられたものではない拍手が、客席から雨のように降ってきた。

「……なるちゃんのバカ」焼肉が小声で言うのが聞こえた。

「ごめん……」

「違うって。まだ正式な結果じゃないのに」

「え」

驚いた声がして、タオルがはらりと落ちた。司会者が客席の最前列に設置されたカメラに向かって、大きく手を振っている。

「Ｗｅｂ生配信をご覧のみなさん、投票には間に合いましたか？　まもなく集計が完了しようとしています。先ほど発表いたしました会場でのシールの枚数と、Ｗｅｂのみなさんの投票数の合計で総合結果が決定いたします！」

「そうだった。忘れてた」敦也がつぶやいた。私は指先に血液が集中して、ちりちりと空気が揺れているのを感じた。

まだ可能性があるなら。選ばれることができたら。私は、いつも聴いてくれる人のもとに届けたい。特別な舞台で、一番好きな音を鳴らしたい。

敦也と焼肉に、片方ずつ肩を支えられて立っていた。焼肉はもう一方の手でチカのことも支えている。司会者が薄く笑った。

「とんでもない番狂わせが起こりました。発表いたします。来年度のニューイヤーTVに出場できる二組は――」聞きながら、関節が浮き出るほど強く空気を握り潰した。

「第一位、神奈川県の四人組バンドGenuineで合計一〇二三票。第二位、シールでトップの座を獲得していたデイリームーンライトで九九五票です」

肩の支えが外れて、人形みたいにくずおれた。すぐ隣から、ライダースをまとった黒い影が飛んでくる。抱きしめられると思った瞬間、影はどこかへ消えた。焼肉にぎゅーっとされて「マリリン残念！　古参メンバー優先でーす」という声が聞こえる。

「だからっていきなり突き飛ばすことたねえだろ！」

「ボーカルの鳴海さん、マイクの前で一言お願いします」

司会者の声にはっとして顔を上げた。無数の顔がこちらを向いて、その全員が私を見ている。デジャヴだと思いながら、背中をいくつかの手に押されてふらふらと前に進み出た。スタンドマイクはいつ交換されたのか、私がガムテープで直したものではなかった。

「――ありがとう、ございます」

やっとの思いでそれだけ言った。振り返ると三人と順番に目が合った。敦也は心配性の保護者みたいな表情、焼肉はニコニコして、チカは放心状態だった。

ステージを降りたあと、早々にキャンプ場を出た。打ち上げの誘いもあったけど「こいつら未成年だから」と迎えに来てくれた焼肉のお兄さんが割り込んだら、誰もいなくなってしまった。すごんでねぇのに怖がられたと言って、お兄さんは頭を掻いて笑う。四人とも車に乗せてもらって、横浜まで帰った。

「見たいテレビがあるから飛ばしてもいいか？」

そう訊かれてうなずくと、高速に入ってスピード違反ギリギリまでアクセルが踏まれる。横であくびをした焼肉が「どーせまた警察二四時だよ」とぼやいた。

「この人、一回あれに撮られたことあるからさー。そっからファンなの」

さっきまでステージの上にいたのが嘘みたいな内容の会話だと思っていたら、車内にスマホの鳴る音が響いた。助手席に座る敦也がポケットを探った。

「出なよ」お兄さんがオーディオを止めて言った。「すみません」敦也は会釈《えしやく》をする。

「もしもし、はい俺です。……あ、そーです、ありがとうございます……へえ。あ、ちょっと待ってください？　他の子に訊いてからかけ直します」

電話を切ってから敦也は「大学でバンドやってた時の先輩」と言った。

「今日の配信を見ててくれたんだって。再来週に東京でやるイベント、一組出られなくなったからＧｅｎｕｉｎｅが代打やらないかって」

「やる」

　思わず即答してから「いいよね？」と尋ねた。敦也と焼肉はうなずく。私の隣に座るチカは、疲れたのか体にかけたパーカーのフードを前から被って車のドアにもたれていた。顔が見えない。返事がないから眠っているんだと思う。

「起こす？」敦也がささやいた。

「チカちゃんはバンドのためならなんでもやるって言うから、起きてから報告すればいいと思うよ」焼肉が言った。

「わかった」敦也はスマホを持ち直した。電話をかけている。

「はいお待たせしました。ぜひ出させてください。はい」

　先輩の話を聞きながら、ボトル入りのガムの付箋《ふせん》紙に場所と日時をメモしている。片手ではがして、私に渡してきた。電話を切ってから振り向いて「やるぞ、下北沢《しもきたざわ》キャプチャー」と言う。それがイベントの名前だった。

　付箋に書かれた日時を読んでいたら、隣からチカに腕を掴まれた。フードが前に落ちて、前髪が乱れていた。眼鏡もずり落ちている。どこか強張《こわば》った表情だった。

「……それ、本当に出るの？」

「うん。さっき起きてたの？」

　チカは首を横に振った。もうずいぶん長く友達兼バンドメンバーをやっているから、こういうとき、調子が悪いのはすぐにわかる。

「チカ、大丈夫?」

「うん平気」

たぶん嘘だ。体調が悪いんだろうかと考えていたら、チカはまたパーカーのフードを前から被ってしまった。しばらくしたら何か言ってくれるかと思ったのに、結局それから声は聞けないまま、車は一番初めに私の家に着いてしまった。


イベント当日は、電車で下北沢まで行った。吊革《つりかわ》に摑まって揺られていると、後ろから肩を叩かれる。敦也だった。音大の課題とキーボードの練習で寝不足なのか、目の下にうっすらと隈《くま》が浮かんでいる。

「鳴海だけ? あとの二人は?」

「約束してない。別々に来ると思う」

「そっか」敦也はうなずきながら、私が持っているエフェクターをよこすようカモンと手で示してきた。

「優しいじゃん。ありがと」

「いや……」

会話が途切れると、どうやって間を埋めればいいのかわからなくなった。私は窓の外を眺めるふりをして、変な色の自分の横髪の隙間《すきま》から敦也のことを見ていた。

　アストロのときはまだ夏の延長のような気温だったのに、ここ数日で一気に風が冷たくなった。敦也のライダースに気候が合わさった感じがした。

「髪、そのままでいいの？」疲れた顔の敦也に訊かれた。

「ニューイヤーTVまでには染め直すよ」

「いや、そういう意味じゃなくて」

　ぼんやりした声で言ったきり黙って、どういう意味なのか一向に説明してくれない。また髪の隙間から盗み見たら、敦也は網棚の上の広告をどうでもいいような表情で眺めているだけだった。

「敦也は染めないの？」

「さあ……」

「自分のことじゃん」

「そうだね」

　煮え切らない返事ばかりだ。ついこの前のフェスでは教団のことを長々と暴露したくせに、今日はひどく口数が少ない。ライダースのそこかしこについているポケットのファスナーを私が順番に下ろしてみても、一切反応しなかった。いつもなら、くだらないことするなと言って怒るのに。

「……運命の日は、本当に近いのかもしれない」

改札を抜けて、ライブハウスまで歩きながら敦也がぽつりと言った。

「何それ。ポエム?」

そう尋ねた自分の息が少し上がっている。急ぎ足は疲れる。敦也は走るのは遅いくせに、歩くのはとても速いのだ。普段のスタジオ帰りに駅まで向かうときは歩幅を合わせてくれるのに、今日は一人でずんずん先へ進んでしまう。

「俺、イベントなんかに出てる場合じゃないと思う」

「何言ってんの。敦也が持ってきた仕事じゃん」

「教団に戻らないと」

振り向いた敦也の瞳が暗くて、怖くなって私は歩みを止めた。敦也も進みはせずに私のことをじっと見つめている。

「敦也、教団は怖いってフェスのときに自分で言ってたじゃん。マリを助けるんじゃなかったの?　今さら戻ってどうするの?」

「教団は怖い。でもこれは鳴海のためでもあるんだ。鳴海が運命の日以降も生き続けるために、俺がマイマイ様に鳴海を紹介しないといけない。そのふざけた髪色はマイマイ様のお気に召さない」

「バカなこと言わないで!」

休日の下北沢は人通りが多い。通り過ぎる人たちは、私たちを見てカップルが喧嘩をしていると思うかもしれない。

「正気に戻れ敦也！　Ｇｅｎｕｉｎｅが一番じゃなかったの？」

「違うよ。俺の一番はマイマイ様のそばで永遠に生きることだ」

冷たく言い放たれた瞬間、時間が一年前の駅前に逆戻りしてしまった気がした。

「……そう、かよ」

動揺を隠そうとして、変な相づちを打ってしまった。妄信《もうしん》的な目をして突っ立っている敦也を置いて、私はライブハウスに向かって歩き始めた。

うつむいているから、気合いを入れるために着てきたお気に入りのスカジャンが胸に張り付いているのが見える。つるっとした布地が、心臓に合わせてひくひく動いている。殺された、と思った。敦也との間に築かれつつあった信頼関係を、さっきの一言で壊されてしまったと思った。まだ甘くない果実を真っ二つに割られたみたいな、膨らむ前の風船に針を通されたみたいな。敦也にとっての本当の一番が入れ替わっただけで、私やバンドを否定されたわけじゃないのに、突き放された気分になった。

「ごめん、鳴海――」

後ろから腕を摑まれて、振り返ると敦也が立っていた。夢から覚めた直後みたいな顔をしている。さっきまでの何かに追い詰められているような様子ではなく、いつも通りの敦也だった。

「……俺、さっきひどいこと言った」

「別にひどくないよ。怪しい教団に戻りたいなら勝手に戻ればいいじゃん」

私は、自分の発言にすら責任を持てない人は嫌いだ。今まで散々好き嫌いの入り混じった態度を取って期待させておいて、いきなり突き落とすなんて最低だと思った。

「ごめん。イベント出させてくれ」

「今日は代役の用意ないから、そうしてもらわないと困る。でも終わったらバンド辞めようがカルトに戻ろうが、ご自由にどうぞ」

私が言うと、敦也は唇を結んで引き下がった。私がわざと歩く速度を極端に落としたら、初めは後ろからついてこようとしてたけどそのうち諦めたのか抜かしてきた。角を曲がるとライブハウスが見えた。

敦也に続いて、地下への階段を下る。ここ数日の間に散髪へ行ったのか、短くなった襟《えり》足から覗くうなじが、青いアロエを斜めに切ったみたいにみずみずしかった。見ていたら悲しくなった。敦也はまだ、教団でかけられた洗脳が解け切れていないのだろうか。私が歌うのを見て、自分のやるべきことに気づいたんじゃなかったの？

敦也がバンドから離れていってしまうんじゃないかと思うと怖かった。この人を束縛したくなった。マイマイだかなんだか知らないけれど、敦也がもうそんなもの二度と思い出さないように脳みそをギチギチに圧迫したい。マイクのコードやギターの弦を何本も使って体を縛って、これから先は一生バンドと私のことしか考えてほしくない。

　バックステージパスをもらって、楽屋に入った。数分後にチカと焼肉が来た。楽器の搬入後はリハーサルで、最後に出演するバンドから順にPA担当に呼び出されていく。実際の順番とは逆に進めると、トップバッターのバンドがリハーサル時のセッティングのまま本番に臨《のぞ》めるからだ。

「Genuineのボーカルさん？　アストロおめでとう」

　私たちより先に到着していたバンドには挨拶をしたけれど、リハの様子を見ていると、また何人かに声をかけられることもあった。ありがとうございます、頑張ります。出音の調整をしているステージに負けないようにそこそこの声量で何度も言っていたら、いくら普段から使い慣れていても喉の調子が心配になる。エヘンと試しに咳《せき》払いをしてみたら、後ろから肩を叩かれた。

「鳴海ちゃん、最近よく会うねえ」

　壱春さんが立っていた。ドウガネは今日のイベントにも出演する予定なのだ。

「こないだのガムテよかったよ。必死で感動した」

「壱春さんのおかげです」

「どうも。飴《あめ》いる？　ポテチの方がいい？　気休め程度だけど、油摂《と》ると喉が潤うよ」

「飴がいいです」

「マイ・プレジャー」

壱春さんはスキニーの後ろポケットを探り、細長いのど飴を出した。包み紙を剝いてから、一つ渡してくれる。

「私、これ好きです。甘くないから」

すぐに口へ放り込んだ。客席の一番後ろに並んで座って、リハーサルを眺める。飴を奥歯で嚙み砕いて、壱春さんが頭の後ろで腕を組んだ。

「俺、今年に入ってからフェスとかイベントに頻繁《ひんぱん》に呼ばれるようになってさ。成金みたいだと思うんだよね」

「成金？　壱春さんが？」

「そう。数年前に出したやつでも、ヒットすればじゃんじゃんイベントのお誘いの声がかかる。けど、翌年までに次のヒット出してなきゃバイバイでもう誰も取り合ってくれやん。毎年出演できるのは安定した実力がある人たちで、一回ぽっきりのドウガネは成金。金銀には及ばやん本当の銅銭だよ。どこに行っても同じ曲ばっかやらされるし」

おやすみ、愛しの子猫ちゃん……と壱春さんは自分のヒットナンバーを口ずさんだ。

「そんなこと言ったら、どのバンドも最初はそうですよ。Ｇｅｎｕｉｎｅだって今年は成金組じゃないですか」

「鳴海ちゃんは違うよ。まぐれじゃないヒットを出せて、ずっと選ばれ続ける人」

何を根拠に言っているんだろう。訊こうとしたら、ステージから名前を呼ばれた。焼肉が手招きしている。Ｇｅｎｕｉｎｅのリハの番が来たのだ。

「頑張ってね」

終わったら舐めてと言って、壱春さんは飴をもう一つ投げてくれた。

リハーサルが終わってからは、本番になるまで楽屋で待った。焼肉は呑気《のんき》にもキャラメルコーンの大袋を開けて、敦也もときどき無言でそれをつまんでいる。チカは今日も体調があまりよくないみたいで、ベースを抱えたまま体を丸めて横になっていた。「出られる？」と訊くと、声では返事をせずに小さくうなずく。

「緊張してるんだよー。チカちゃんはやるときはやる子だから、そっとしておいてあげなよ」焼肉がリュックから新しいお菓子を出しながら言った。

スタンバイの時間になると、チカは相変わらず何も言わないまま突然すんなり起き上がった。ベースのネックを摑んで、一人で楽屋を出て行ってしまう。三人であわてて後に続いた。

合図の音楽が鳴って、舞台袖から客席の前に出る。この瞬間はいつだって緊張で死んでしまいそうになる。大丈夫、大丈夫ちゃんとやれる。喉まで這《は》い上がった心臓を飲み下した。

私がステージの真ん中に立って、口を開いた瞬間だった。

チカの手が横から伸びてきて、スタンドからマイクをむしり取った。

「……ごめんなさい」

何が起こったのかわからなかった。呆然としている私をよそに、チカは客席の方を向いて喋り始める。

「黙っていたら済んでしまうことだと思ったけれど、やっぱり隠し通せそうにありません。アストロロックフェスでのＧｅｎｕｉｎｅの優勝はサクラを使ったものです。あたしが、一人でやりました……他のメンバーは何も知りません。Ｗｅｂ投票の票数を、お金を払って水増ししました」

チカからマイクを取り上げる気力もないまま、私は立ち尽くした。何にも触れていないはずの指先が冷たい。思考がショートしてめまいがして、聴覚だけが研《と》ぎ澄まされた。いったん静まった会場が騒がしくなっていくのを痛いほどに感じた。「信じらんなーい」誰かがそう言ったのがはっきりと聞こえた。

「早くＧｅｎｕｉｎｅ下ろせよ！」

舞台袖から声がした。この状態で演奏なんてできるはずがなかった。出てきたスタッフに両脇を抱えられるようにして、私はギターを肩にかけたままステージから引きずり降ろされた。「事情は後で訊くから」と言われて、楽屋へ続く通路の途中で放り出される。他のメンバーは自分の足でステージから降りられたのだろうか。

　信用されてなかった。まず初めにそう思った。優勝は間違いないと、Ｇｅｎｕ·ｉｎｅの鳴海ならできると、チカが信じられていたらこんなことは起こらなかったはずだ。自分が情けなかった。悔しくて悲しかった。チカだけじゃない。今朝の敦也もそうだ。一番近くにいる人にさえ、夢を見せられなかったことが苦しかった。

　楽屋に戻った私は、テーブルに片手をついてどうにか体を支えて立って、うつむいているチカを見た。

「詳しく話して」

　チカは何も言わない。さっきから何度訊いてもこのままだった。

「話せよ……」

　こんな口調になりたくなかった。できれば怒りたくもなかった。黙っているチカにも、後ろで立っているだけの敦也にも焼肉にも腹が立った。何か言ってよ。どうして私が何かするのを待ってるんだよ！　今だけは、音楽なんかやめてしまいたかった。だってＧｅｎｕ·ｉｎｅという「フェスで不正をしたバンド」のフロントマンは私だ。周りにどんなことを言われるか、考えただけで怖くて仕方がなかった。

「……ごめん」

　チカがつぶやいた。私はまた腹が立つのをこらえて、できるだけ落ち着いて「どうしてサクラなんて雇ったの？」と尋ねた。知ってどうにかなるわけでもないのに。

「……優勝できなかったら、鳴海までGenuine辞めることになると思ったから」

「私が？」

バンドを辞めるなんて一言も言ったことはない。私が言葉を探していると、チカが「専門行けなくなるかもって言ってたじゃん」と縋った。

「そうだけど……だからって、辞めたりなんかしないよ」

体の内側がすーっと冷たくなった。私の言葉が足りないことが原因だったの？　さやかのときみたいに、伝わっているかどうか確認しなかったのがいけなかったの？

チカの口がへの字にゆがんで、大きな目に涙の膜が張った。次々しずくが落ちていくのを、私は何も言えずに見ていた。眼鏡を外し、目元を拭って、チカは嗚咽《おえつ》交じりに喋り始めた。

「あ――あたしだって、こんなことしたくなかった！　三人には、わからないと思うけど……！　鳴海は才能あるし、焼肉は家にプロいるし、さやかもピアノ習ってた。あ、あたしには何もないのに、音大生のマリヤまで来て、ひどい。でも辞めたくない。あたしは、あんなキモい人がいる家、帰るのが嫌。いっ、い、嫌なの」

それを聞いてさらに苦しくなった。家のことを話してもらって「大丈夫だって」と言われたときに、もっと気にかけていたらよかった。私は、チカは強い子だと思っていた。家がどうなっても、大丈夫だって思い込んでた。きっとチカも私のことを強いと思っていたんだろう。サクラを雇ったのがもしバレても挽回《ばんかい》できるくらい、Ｇｅｎｕｉｎｅの鳴海は強いと思ったのかもしれない。私たちはお互いに過信して相手を追い詰めた。

本格的に泣き始めてしまったチカを見て、これ以上は責めも慰《なぐさ》めもできないと思った。私にはもう、今の状況に向き合うだけの力がない。ひどく疲れた。何も考えずに済むように、早く泥《どろ》のように眠ってしまいたかった。


無気力な数日を過ごして、自分が秋の寒さに震えるだけの生き物になった気がした。起きる気も食べる気もなくなって、三キロ瘦《や》せた。音楽を聴くことも、ギターを弾くこともできずに、自分がどうしてあんなに夢中になっていたのかさえ、やがては思い出せなくなる。布団の中で何百回目かの寝返りを打ったとき、スマホが鳴っているのに気づいた。敦也からだった。

「ニューイヤーＴＶに謝罪に行こう」

教団に戻るんじゃなかったの。Ｇｅｎｕｉｎｅはもう終わりだよ。私はそう言おうとしたのに、先手を打たれた。声になる前に遮《さえぎ》られた。

「……どうして、私が」

謝る必要があるのは私ではないはずだ。

「チカも来る。さっき話つけてきた」

「行きたくない……」

あれからチカとも、焼肉とも、その他の知り合いの誰とも連絡を取っていない。外に出るのは怖かった。世間にどう思われているのか知るのが嫌だった。

「鳴海、それはダメだ」敦也が言い放った。

「ことの発端はチカだけど、TV側に鳴海が謝らないのは違う。あっちからすれば、誰がやったとか関係ないんだからさ。鳴海はフロントマンだろ」

「偉そうなこと言わないで。こんなことに巻き込まれるなんて覚悟してなかったから」

「じゃ、今から覚悟しなよ」

愛想を尽かされてしまう気がして、私はあわてて「待って」と大声を出した。しばらく喉を使っていないだけで、こんなにもかすれてしまうのかと驚く。

「……敦也も来るの？」

「当たり前。四人で行かなきゃ意味ないだろ」

「教団に戻らなくていいの？」

「……あれは、本当にごめん。どうかしてた」

「絶対に来てくれる？」

「僕は鳴海さんのそばにいますよ」

敦也は急に丁寧な口調になって言った。人に心を開かせるためのマリヤのスキルだ。私は自分の口から小さな笑い声が漏れたのに気づいてびっくりした。

「キモい喋り方。懐かしいけど」

「これからは小出しにしようかな」

テレビ局へ行く日時を確認してから、私は通話を切った。

久しぶりに他人とちゃんと会話をして、体中の血のめぐりがよくなっているのがわかる。ベッドに横になって閉じたまぶたがあたたかい。

不安に押し潰されそうだったけど、その夜は深く眠れた。そばにいますよ、という声を思い出して大切なお守りみたいにして、朝が来るまで一度も起きなかった。


何を着ていけばいいのかわからなくて、三〇分以上悩んだ挙句、無難に制服のブレザーとスカートにおさまった。私の正装はこれだけなのだ。私服は黒のバンTばかりで、謝罪に適した服は探しても見つかりそうになかった。

待ち合わせ場所に来た私を見て、敦也は目を細めた。

「やつれたなぁ……謝るのに効果的な要素だとは思うけど」

冗談なのか本気なのかわからない。敦也はいつもと同じライダースを着ていて、それで大丈夫かなとちょっと心配になった。

「頭、その色のままか……」

指摘されてハッとした。だいぶ色あせてはいるけど、私の髪は未だに白とピンクっぽいままだ。黒染めするべきだった。場合によっては、ライダースよりもふざけて見えてしまうかもしれない。

二人で待っていると、チカと焼肉が来た。私と同じように制服を着ている。手を振ると焼肉は小さく振り返してきて、チカは表情を強張らせただけだった。

敦也がスマホで調べてくれた地図を頼りにテレビ局に着いた。受付で名前を記入して待っていると、上の階へ行くように言われた。

エレベーターで上りながら、これから起こることについて考えていた。自分の手で摑み取ったと思ったニューイヤーTVの出演が、なかったことになるのだ。それも、私たち自身のせいで。

ドアの前でノックをすると「どうぞ」と短い返事が聞こえた。会議室のようなセッティングの部屋に、スーツを着た男の人が一人で座っていた。

「あっ」焼肉が息を吞んだ。

「なるちゃん、この人……」

顔を見て、私も思い出した。フェスの二次審査のとき「目で人を殺せそう」と私に言ってきた人だった。

「ニューイヤーTV責任者の流川です」

会話には一切触れられずに名刺を差し出された。私が一瞬受け取り方を迷ったのを察したのか、敦也が動いた。私はそれを制して自分で受け取った。

「このたびは申し訳ありませんでした」

行くと決めた日からずっと口の中で転がしていた一言を、チカや敦也に先を越される前に言って深く頭を下げた。敦也と電話で話したあの日、尽きない不安を抱えながらに私は、Ｇｅｎｕｉｎｅのフロントマンとしての覚悟を決めたのだ。

「アストロが始まって以来、こんなことをしでかしたバンドは初めてですよ」

流川さんが言った。私たちがたくさんの人の分岐点を狂わせたのは動かしようもない事実だ。私が進路の選択をフェスの結果にゆだねたように、大事な決断を迫られていた人もあの場には大勢いたはずだ。

「特にチカさん、君はことの重大さをわかっているのかい」

流川さんが言うと、私の後ろでチカが泣き始めた気配がした。空気が震えている。嗚咽ばかりでなく何か言ってほしかったけれど、急かすのはやめようと思った。自分で状況を理解して、きちんと謝ってほしかった。私は、こういうときに泣く人は嫌いだ。涙の力で周りを味方につけるのは大嫌いだ。でも、チカがそういうことをする人間ではないのもわかっていた。

「……何をして、責任を取ればいいのかわかりません。どうしたら……」

長い間をおいてから、チカがようやく言った。後ろを見ると、水滴がぱたぱたと床に落ちて、やがて完全に止まったのが見えた。

「どうもすることはできないね。残念ながら」

チカが顔を上げる。もう泣いてはいなかった。メイクが散々崩れてひどい状態になっていたけれど、それを気にするそぶりは見せない。

「水増しされたのは五〇票だ。Ｇｅｎｕｉｎｅは不正をした分を差し引いても総合二位になるはずだった。個人的には、二次審査のときから君たちには惹《ひ》かれていたよ。テレビでもいいパフォーマンスをしてくれるはずだと期待していた」

「……申し訳ありません」

「チカさん。もし、私がＧｅｎｕｉｎｅのニューイヤーＴＶ出演を取り消さないと言ったら、どうする」

「出ます」チカは一瞬の間もなく答えた。

「もしそんなことが有り得るのなら、出させていただきます」

「客席から野次を飛ばされても？　物を投げつけられても？」

「出ます。あたしが責任をもって受け止めるし、鳴海なら、それを跳ね返せます。アストロでわかったんです。初めから信じていたらよかった。鳴海はすごい人です」

そんなことない、と私は思ったけれど、期待されることをどこかで望んでいたはずだった。脳髄《のうずい》を素手で撫で上げられたように、一瞬で鳥肌が立った。興奮が血液に溶けて全身をめぐり始める。「すごい人」って、チカにもらったその言葉がとても嬉しかった。心に張り詰めた糸が、あと少しで切れてしまいそうだった。

「鳴海さん、君は」

「やりたいです」

本当の実力を知りたかった。食らいつくように答えてしまった。

「……スポンサー側に掛け合う。善処はする」

「ありがとうございます」

エレベーターに乗り込んだ途端、力が抜けて膝の関節がかくんと折れた。咄嗟に伸びてきたライダースの腕に支えられて、どうにか転ばずに済んだ。

「鳴海、動揺するとすぐこうなる」

敦也が顔をくしゃっとさせて笑った。私の顔を見てうなずいて「よかった」と言って、安心したような吐息をつく。この人を最低だと思ったこともあったけど、数日前の電話できっかけをもらって、素直にありがとうと言えない自分が今はひどくもどかしかった。触れるだけで私が考えていることをそっくりそのまま伝えられたらいいのに。エレベーターが地上に着くまでの間、前を見ているチカと焼肉には気づかれないように頭の重さを半分くらい敦也の肩に預けていた。髪を軽く梳《す》かれた。

「鳴海」駅での別れ際、チカに呼び止められた。イベントの日以来、初めてちゃんと目が合った。

「ごめん。あたし、鳴海に刺されても文句言えない」

チカはいつになく真剣な顔をしていた。刺さないよと答えながら、もう引きずるのはやめようと私は思った。いつまでもチカのこと、自分のことを責めていても仕方がない。それより今度こそ本当の実力で認められて、早く元の関係に戻りたかった。変な髪色だとバカにされたりむくれてみたり、そういう時間を早く取り戻したかった。


ビニール手袋をして、敦也の真っ黒な髪に白い薬剤を塗った。しゃかしゃかとシャンプーみたいに指を動かすと、「染みるからやめて」と顔をしかめられた。

テレビ局へ謝罪に行ってから二週間後、流川さんから電話があって、ニューイヤーTVの出演許可が下りたとわかった。

「ただし、我々は君たちに関することの責任は一切負わない」

「ありがとうございます」

それから四人で死に物狂いになって練習をして、セットリストやMCを何度も練り直した。思えばバンドを組んだときから、私たちが必死じゃなかった時間なんて一秒もなかったのだ。暖房の効いていないスタジオで本番通りの演奏をして、声の限り歌って、冬なのに汗びっしょりになった。全然クールじゃないしロックなのかもわからないけど、これが正しいことなのか、疑うことはもうしなかった。

本番が二日後に迫った昨日になって、敦也は急に『髪染めたい。青』と私に連絡してきた。

『ご自由に。自分でブリーチ剤買ってね』

年末の美容院はどこも予約でいっぱいだから、染めたいならセルフでやるしかないだろう。敦也からはすぐに返信が来た。

『セルフは無理。一回やったことあるけど、まったく色抜けなかった』

『説明書ちゃんと読まないからだよ』

『読んだ。俺は悪くない。この世のヘアカラーぜんぶ俺の敵』

なぜか怒っているようなその文面が、セルフ派の私には無性に悔しかったのだ。

『オッケー。私が染めに行くから、ブリーチできたら裸でスタジオ一周してくれる？』

そう送ったら『受けて立つ』とあっさり返信が来て、これじゃ私が嵌《は》められたみたいだと思った。本番前日に私がノイローゼにならないか見張るための、敦也の策だったのかもしれない。バンドの活動のときはいつでも強気でいようとしているのに、いつの間にか敦也にだけは弱い部分を知られてしまっているみたいだった。

木造のアパートは相変わらずボロくて、でも壊れたドアの取っ手は付け替えられていた。買ってきたブリーチ剤の箱を破って、私は風呂場の椅子に敦也を座らせた。シャツを着ていないから寒そうだ。その辺にあったバスタオルを渡したら、即座に毛布みたいにくるまっていた。

「鳴海、ジーパンに薬付けないようにして。これ気に入ってるから」

「ベッタベタにしてやる」

冗談を言いながらも完璧に説明書の使い方を守って、念のため、既定の時間よりもかなり長めに浸透させた。普通の人間なら、黄味の強い金髪になってもおかしくないはずだったのだ。

薬剤を流した敦也の髪は、ブリーチ前と何ら変わらない黒色をしていた。

「俺の髪、メラニンの塊だから。たぶん漂白剤とかじゃないと無駄」

呆然とする私に敦也が言った。「どうする？　鳴海がスタジオ一周してくれんの？」と、にやにや笑って頬杖をついている。

「こんなのおかしい。上から色入れるから」

私は湿気の残る風呂場にもう一度敦也を座らせて、今度は青のヘアカラーの封を切った。新しい手袋をして、生乾きの髪に塗り広げる。強固なメラニンを前に、すでに完敗の予感がしていた。

「――鳴海?」

敦也に呼びかけられたとき、私は明日の本番のことを考えていた。顔を上げると鏡越しに目が合った。湯気でうっすら表面が曇《くも》っている。忙しく動いていたはずの私の指が、敦也の頭皮に張り付いたままいつの間にか休んでいる。

「俺、もう大丈夫だから」敦也が言った。

「Genuineが一番だよ。あとは二番も三番もないから」

「……疑わしいな。本当に?」

嬉しさ半分、不安半分で尋ねた。大丈夫という言葉を信じ込んではいけないって、最近もう嫌というほど思い知らされたばかりなのだ。

「本当に。鳴海が一番だよ」

「ならいいけど」

意味の微妙なすり替えがあった気がしたけど追及しなかった。バンドメンバーとして最高な今の状態をぶち壊しにするのはごめんだ。気を取り直して私は指を動かし始めた。鏡を見たら、きっとまた目が合ってしまう。敦也はまだ喋っている。

「今までのこと、全部ごめん。駅前で怒鳴ったり、条件無視して立候補したり、才能試したり、偽名使ったり、下北で怖がらせたり。全部悪いと思ってる。こんな奴バンドにいらないって、捨てられても仕方ないよな」

うつむいた敦也は、いつものオールバックじゃないせいかずいぶん幼く見える。

「そんな簡単に捨てたりしないって。嘘ついたことない人なんていないよ」

私だって、バンドではいつも嘘をついているようなものだ。弱気な自分を隠して、強いチーターみたいに振る舞う。自信がなくても堂々とステージに立っている。私もチカも敦也もついた嘘の種類は違って、でも今となってはバンドを想う気持ちは一緒だ。考えが甘いかもしれないけど、正しくなかったからといって関わった時間をゼロには戻したくなかった。

「そこ、青くなるよ」

私の顔にヘアカラーがついていたのか、敦也が手を伸ばして拭った。体温が高くて、皮《ひ》膚《ふ》の内側に直接触れられたみたいだ。顔を寄せると思ったより距離が近くなって、探り合うような沈黙が流れた。

私は敦也の視線を振り切って、ちょっと危ない雰囲気だったなと思いながら鏡を見た。ほっぺたに色が移ってアザみたいになっている。心臓を落ち着けようと冷静なふりをしながら、両手のビニール手袋を外した。

「終わったよ。結構時間経っちゃったから、もう流してもいいんじゃない?」

私が風呂場を出ると、敦也が「面倒くせえ」とわざとらしくぼやきながらシャワーの栓をひねる音が聞こえた。リビングのラグに寝転び、端の方に残った紅茶の染みを眺める。

バッグの中でスマホが鳴った。体勢は変えずに、スピーカーボタンを押した。

「鳴海？　今、何してるの」

チカだった。ＳＮＳ中毒のくせにＬＩＮＥやＤＭの返信は極端に遅い方だから、電話をしてくるのは珍しかった。

「敦也の髪染めてる。なんかあった？」

「暇だから電話してみただけだよ」

チカの声は普段と変わらないそっけない雰囲気だけど、今日はなんとなく落ち着きがない感じがした。スマホから聞こえてくる音に、チカ以外の人の気配はない。着実に迫ってきている明日を一人で待つのが心細くて、こうして電話してきたのだろうか。

「……鳴海さっき、敦也といるって言った？」

「うん。今はヘアカラー落としてるの待ってる」

「どういう状況？　前から思ってたけど、鳴海ってラブの方で敦也のこと好きだよね」

「……違うよ」

急に訊かれたから答えが遅れた。通話の向こうでチカは「嘘つかなくていいって」と若《じゃっ》干《かん》かすれた声で笑った。

「好きになるのは不可抗力なんだから、悩む必要はないよ。それにあたしは、鳴海がどうするつもりなのかわかるよ」

聞き慣れた声のはずなのに、チカの喋り方がなぜだか懐かしかった。Ｇｅｎｕｉｎｅのバンドメンバーじゃなく、ただの友達としての喋り方だ。語尾が柔らかかった。私たちは一体いつから、こんなに優しい空気の中で話すことを忘れていたんだろうと思った。

「両片思いのまま、永遠に前に進めないのは辛《つら》いねぇ。泣かないで、鳴海」

「……うん？」

私は、泣いてなんかない。電話越しだからチカにはわからないのだ。珍しく冗談を言ったつもりなのだろうか。それとも私が気づいていないだけで、私の声や吐息や返答までの短い沈黙の一つ一つは、本当は無意識に泣いているのだろうか。

私は、この先もずっとバンドを続ける。願わくば敦也に加わっていてほしいと思う。だから今、関係性が変わってしまっては困るのだ。別々になったときに一人で歩けなくなるから、一緒になるのは困る。相手が弱点になってしまうから、運命だともっと困る。名前も知らないまま一年越しの再会って、もしかしたら少女漫画の鉄板ネタかもしれない。でも王道ロマンス街道を走るわけにはいかない。いくらお互いを好きになっても、私と敦也が付き合うことは絶対にない。この考えが変わることもない。

「ちゃんと洗い流したよ。腕が疲れた」

敦也が風呂場から出てきて、ラグの上にどさっと座った。シャンプーの匂いを漂わせて、体があったかくなったからか大きなあくびをしている。

「電話、チカ?」眠たげな声で訊かれて私はうなずいた。

「敦也、アンタ鳴海になんかしたら許さないから」チカが苦々しい声で言った。

「俺はそんなに信用のない男かよ。髪、染め終わったからドライヤーしていい?」

「偽名使ってた奴を信用できるわけないでしょ。鳴海に乾かしてもらえバーカ」

　チカは通話を切った。気を遣ってくれたのかもしれない。暗くなったスマホの画面を、敦也は胡坐をかいて少しの間じっと眺めていた。「何」と訊いたら「鳴海に乾かしてもらえって」とドライヤーを手渡してくる。私の前で、眠たげにまぶたを閉じた。甘えられるのは苦手だ。困る困ると呪文みたいに繰り返して、やっぱり泣いてるのかもしれないと思いながら、私は膝立ちになって風量調節の部分をかちかち鳴らした。スイッチが入って、騒がしい音が鳴り始める。私が鼻を啜ったのが心で泣いていた名残だとしても、これでもう気づかれないと思った。

　ブリーチしても色が落ちなかった敦也の髪は、深海に似た綺麗なブルーブラックに染まっていた。よほど強い光の下にいなければ、青が入っているのはわからない。角度によっては、地毛の黒がより濃くなったようにも見えた。

「カッコいい?」洗面台の前で、櫛《くし》を使ってオールバックにしながら敦也が訊いた。

「ううん、全然」嘘だとバレるのが嫌で、私はスマホのカメラ越しに答えた。

「でも、記念に撮ってあげる。お兄さんポーズ取ってー」

ふざけて連続でシャッターを切りながら、今日は私も家で染め直しをしようと思った。どうせなら、青と対になる色がいい。関係を変えることは無理でもそれくらいなら許してくれるでしょうと、自分に対してわざと他人事《ひとごと》みたいに思った。

本番が始まる前、ホールにいる時間が一番つらかった。リハーサルが終わると、すぐに楽屋へ戻った。〈Genuine様〉なんて、ドアの前にきちんとセットされた紙に八つ当たりしたくなる。何が、様、だよふざけるな、そんなこと思ってないくせに。歓迎なんかしてないくせに……。

弱気が巨大な津波みたいに押し寄せて、今にも飲み込まれてしまいそうだった。周りにいる全員に冷たく拒否されている気がした。あこがれている人がたくさんいた。小学生のころにお年玉をつぎ込んでCDを買ったバンドも、サブスクのデータが擦り切れるほど聴いたシンガーソングライターも。そんな人たちの前で歌えないと思った。ここに来る権利もなかったはずなのに、許されるわけがないと思った。

「過呼吸っぽいな」

楽屋のドアを閉めて、私の背中をさすりながら敦也が言った。息が上手く吐けなくなって、自分の喉から変な音が漏れているのがわかる。

「どんなのでもいいから袋、貸せ」

敦也の声を聞いて、焼肉が何かを差し出したのが見えた。確認する間もなく口にあてがわれる。「吸って」と言われて酸素を求めると、異物が喉に入り込んだ気がして激しく咳込んだ。「ダメだってやっぱポテチの袋じゃ」敦也がそう言ったのが聞こえる。

「これ」チカの声がした。

「あるなら早く出してくれよ」

また、敦也が何かを私の口に当てた。薄い透明なビニール袋だ。息を吸うたびにしぼんでは、また戻って膨らんでいくのが見える。

「ゆっくり吐いて、ゆーっくり吸って」

言われる通りにしていると、徐々に呼吸が落ち着いてきた。鼓動のペースが元に戻っていく。

「もう直った。大丈夫」自分でビニール袋を外して、手の中に握り込んだ。

あと一時間もしないうちに出番が来る。こんなに落ち着かない新年は生まれて初めてだった。敦也の髪を染めたことが、遠い日の出来事のように思えてくる。見上げると全然色落ちしていないのがわかるから、急に現実に引き戻される心地がした。

「お手洗い行ってくるね」

そう言ってチカが席を立った。焼肉は私と敦也をちらっと見てから「すぐ戻るから」とチカの後を追って楽屋から出て行った。

「本当に落ち着いた？」

敦也に尋ねられてうなずいた。呼吸が苦しかったせいで、さっきはついうっかり反射的に涙をにじませてしまった。アイラインが消えかかっているはずだ。ソファを立ってバッグから化粧ポーチを取り出し、鏡の前の椅子に座った。

昨日の夜から、私の髪は鮮やかな濃いピンク色になっていた。敦也の髪を青くした帰り道、薬局に寄ってヘアカラーを買ったのだ。テレビ局の楽屋の立派な鏡に映っているのも相まって、私じゃないみたいだった。

アイラインを直し終わると、真後ろに敦也が立っていることに気づいた。昨日の狭い風呂場と同じように、鏡越しに目が合った。心配そうな顔をしていた。

両側に丸いライトがついた鏡は絵画の額縁みたいで、映る私たちはさながら中世ヨーロッパ貴族の肖像画だった。ライダースを着た青髪の男と、目つきの悪いピンク髪の女。黙ったままじっと見つめて、またアイラインを崩されたら敵わないなと思った。敦也。この人の顔を見ていると、抱えた不安をすべて暴露してしまいたい気持ちになるのはなぜだろう。子どもみたいな表情しかできないのはどうしてなんだろう。

「鳴海なら、できるよ」

エネルギーを分けるみたいに、椅子の後ろから腕を回された。どぎまぎするけど落ち着く体温に包まれて、身動きできないのが嬉しくなった。今なら無敵だと思えた。こうされている間だけ、バンドのこともこの人に対する気持ちも、何もかもが叶いそうな気がした。敦也のことが好き。言葉が飴みたいに口から転がり落ちそうになった瞬間、ノックの音がした。腕が離れた。

「……あっちゃん?」

ドアが遠慮がちに開いて、私の知らない子が顔を覗かせた。

「マリ」敦也が驚いたように駆け寄っていく。

「わざわざ楽屋まで来なくてもよかったのに」

「来るに決まってるでしょ。せっかくあっちゃんが裏まで入れるパスくれたんだもん」

可愛い声の子だった。一度も染めたことのなさそうな髪を長く伸ばした、ふんわりした雰囲気の女の子だった。私のような濃く強いピンクレッドではなく、淡く儚《はかな》い桜色が似合う子だ。硬直している私を見て「こんにちは」と微笑《ほほえ》んだ。人を疑うことも嫌うこともしなさそうな、どこまでも澄んだ色の目をしていた。

「鳴海、この子がマリ。前に話したことあったろ……教団の」

「あっちゃんと同じ大学のマリです。私は、ピアノじゃなくて声楽専攻だけど」

この子が、あのアカウントの本来の持ち主だったのだ。可愛いディフューザーの写真を撮る子。純粋すぎるが故《ゆえ》に、カルト教団の餌食《えじき》になってしまった子。

「こんにちは。Ｇｅｎｕ・ｉｎｅのギターボーカルの鳴海です」

私はマリに歩み寄って言った。声はかすれていなかっただろうか。きちんと笑えてたかな。さっきまで敦也に触れられていた肩のあたりが、ゆっくりと冷えていくのを感じていた。

「今日、すごく楽しみにしています。頑張ってくださいね」

嫌味のない言葉をもらって、せっかく作った笑顔が崩れそうだった。敦也はきっと、マリにはフェスでの騒動のことを何も言ってないんだろう。この無垢《むく》な子を必要以上に傷つけたくないのだ。なんだ……。私の他にも、大切な人がいるじゃないか。

「あっちゃん、頑張ってね」

マリは小さく手を振ってから楽屋を出て行った。頼りない小さな背中が、長い廊下の奥へ消えていく。見送りながら、私は敦也の顔を盗み見た。私にしょっちゅう向けるのと同じ、保護者じみた表情をしていた。見守っているつもりでいて、この人は何もわかっていない。

「マリは弱いんだ。俺が守ってやらなきゃ」敦也は私を見て照れたように笑った。

「あいつ、俺がバンド入ったって言ったら大学に来るようになったんだよ。ちゃんと授業も受けてる。優先順位が変わったから、教団のセミナーに行く回数も減ってるんだ。鳴海の話をしたのがいい刺激になったのかも」

その言葉を聞いて確信した。きっとマリは敦也のことが好きなのだ。さっきマリが声楽専攻だと知って、私の中にもぴりっとうずいたものがあった。対抗心に似ていた。

　私と敦也の間にある心の壁は薄い。初めて顔を合わせたときは到底わかり合えないと思ったけれど、お互いを知るにつれて分厚い壁はどんどん削られて剝がれ落ちていって、今ではゲーム終了直前のジェンガみたいに揺れている。どちらかがちょっと押せば、きっと障壁はなくなる。距離はゼロになる。私たちは理性とバンドを想う気持ちだけで、なんとかこの状態を保っている。

　いつまでも現状維持が続かないのは知っていた。いつか我慢の限界に達した敦也が、マリに気持ちを傾ける日が来ると私には簡単に予想できた。それがバンドにとっては一番いいのだ。「お似合いだよ」と、そう遠くないうちに来るその日には言ってあげようと思った。

「そろそろ行かなきゃね」

　敦也の顔は見ずに言って、私は閉まったばかりのドアを開けた。楽屋を出ると、チカと焼肉がびっくりした顔で立っていた。

「なるちゃん、急に出てこないでよ！　今いたピンクの服の子は誰？　この部屋に来てなかった？」

「敦也の知り合いだってさ。スタンバイ行くよ」

　静まり返った廊下の真ん中を、肩で風を切って歩いた。すぐ後ろから三人がついてくる足音がした。

負けない、と思った。四方八方から突き刺さる視線にも巨大な不安にも、ネットの批判にも可愛いマリにも。敦也とマリがいつかくっつく運命だとしても、私は絶対に今の立場を譲らない。敦也のキーボードは私のそばでしか弾かせない！

チカだって、焼肉だってそうだ。私が自分の力で批判も嘘も野次も何もかも跳ね返して、三人を魅了してどこまでも連れていくのだ。弱気な私はもういなかった。濃いピンクになった髪がその証明みたいだった。

「Ｇｅｎｕｉｎｅ入ります、よろしくお願いします！」

ホールに入る前に大声で言って頭を下げた。びくついたりして、期待してくれている人たちを裏切りたくない。

「何やってんの、もう出番だよ来るの遅いよ、ったく」

一人のスタッフがずかずか歩いてきて、乱暴に腕を掴まれた。

「あんたらアストロでも散々トラブっといて、ほんといい迷惑だよ」

「遅れてすみません。自分で歩けます、急ぎます」

早口に言って裏口をくぐった。イヤモニを耳にねじ込んだ。ステージの手前に、私のギターがあった。病めるときも健《すこ》やかなるときもそばにいてくれた水色のムスタングだ。ストラップを肩にかけた。慣れた重みが心地よかった。

両側から腕を引っ張られて、四人で円陣を組んだ。「頑張る」と言った自分の声が上ずっている。

「そこは頑張るぞ、じゃない？」焼肉が笑って肩を叩いた。

「スタンバイお願いしまーす」

スタッフに言われて進み出て、私はまだライトの当たっていないステージに立った。軽く咳払いをした。息を吸う。やれるやれるやれるやれる私はできる。

テレビカメラは司会者を映している。

「続きまして、昨年度のアストロロックフェスで総合二位を獲得したＧｅｎｕｉｎｅに登場していただきます。激しいギターサウンドと安定したリズム隊、全体を包み込む幻想的なシンセサイザーが特徴の今注目すべきロックバンド。どうぞお楽しみください」

スイッチの入る音がして視界が明るくなった瞬間、まぶしさと人の多さで目がくらんだ。息を吐くのが先か、吸うのが先かわからなくなって体が動かなくなった。

「やめちまえ！」

観客の一人が叫んだ。ここで黙ったら、二度と立ち上がれなくなる気がした。

「やめない。歌いに来ました」

即座にマイクを通して言うと、手の指という指の間に千本ものナイフを構えている心地がした。たった今罵倒《ばとう》してきたあの人に向かって、私はここからどんな言葉だって投げられる。ステージから降りて攻撃することもできる。でも、そんなことはしないのだ。私は知っている。自分の声で、四人の音で、聴く人を静かにさせることができるとわかっている。

曲が始まっても、ブーイングはなかなか消えなかった。ふざけるな、やめろ、底辺、クズとか、あとなんとか。演奏にかき消されて聞こえはしないけれど、口の形や手ぶりからわかってしまった。それらの言葉を発しているのは一人だけではなかった。私たちの間違いは簡単に水に流されるものじゃないのだ。

何を言われたって泣きたくない。声を震わせたくない。私たちのせいで傷ついた人たちに向けて、恥ずかしくない演奏をしたかった。見られているというチャンスを逃したくなかった。

曲が終わって、イヤモニから退場の指示が聞こえた。ステージから降りる直前、客席にマリの姿が見えた。ばっちり目が合った。ほっぺたに涙の筋があった。ちょっと、あんたが見るべきは私じゃないでしょう？　そう突っ込みたくなったけど嬉しかった。どうよ。あんたの好きな人より、私はカッコいいでしょう。

楽屋に戻ると一気に力が抜けて、息をついてソファに横になった。他の三人もそれは同じのようで、誰も何も言わないまま適当な位置に座って放心している。

ノックの音がした。マリだろうか。あの人口密度が高い客席をわざわざ抜けて、敦也に会いに来たのかな。悪いけどとても立ち上がれる気がしなくて、「どうぞ」と言ったきり私はソファに顔をうずめてドアの方を見もしなかった。

「なるちゃん……」

焼肉に呼ばれて、私は上半身だけ体を起こした。自分の顔に影が落ちているのがわかる。すぐそばに人が立っていることに気づいて、驚いて立ち上がった。

「鳴海さん、初めまして」

知らない人だった。スーツのジャケットを腕に引っかけたラフな感じの人だ。受け取った名刺には、インディーズバンドの事務所の名前が書かれていた。

「先ほどの演奏を拝見させていただきました。鳴海さん、あなたは人を引き付ける力を持っている。私どもの事務所で、ソロデビューすることに興味はありませんか?」

何を言っているのか聞こえづらくて、首筋に手を当ててるとイヤモニをしたままだったことに気づいた。両耳を同時に取る。でも、この人の言ったことの意味がまだよくわからない。

「……ソロデビュー?」

「はい。シンガーソングライターとして」

そう言われてやっと理解した。バンドを始める前は、考えたこともあった道だった。

「ソロでの活動に興味はありません。バンドでデビューしたいんです。このメンバーじゃなきゃ意味がありません」

事務所の人は私のことを観察するように一秒も目をそらさなかった。つられて私もまばたきをこらえた。

「いいでしょう」ふっと短く笑われた。

「フェスでもトラブルがあったことですし、グループかソロか、活動の方針を選ばせてやれと上に指示されていました。鳴海さん、あなたがそういうお考えなら、Ｇｅｎｕｉｎｅの所属を我々の方で検討させていただきます。まだお約束はできませんが」

「……ありがとう、ございます」

事務所に入れば、きちんとしたＣＤが出せる。全国のショップから私たちの音源が広まる。夢のような話だった。

去り際、事務所の人はくるりと振り返って言った。

「あなたがたには実力があること、今日の客にはきちんと伝わったと思います。不倫がリークされても、発言が炎上しても、才能あるアーティストは爪の間に泥を溜めて崖を這い上がれるものです。もちろん運も必要ですが」

楽屋のドアが閉まるのを、四人で静かに見つめた。

「鳴海……折れちゃってる」

チカに言われて手元を見ると、さっきもらった名刺が手の中で潰れている。

「決意の表れだよ」

そう言ったら笑われた。まだ信じられないという思いがにじんだ笑い方だった。そんなチカの顔を見ていたら、ふいに視界がぼやけた。唇が震えた。ぐしゃぐしゃになった顔を見られたくなくて、私は楽屋の小さな窓に駆け寄って思い切り開け放した。

外に顔を突き出して、冷たい窓枠に指を押し当てた。はるか下に行き交う人々が見えた。冬の空気は澄んでいた。体中に溜まっていた不安がすべて吐き出されたようでひどく安心して、私は一昨年のフェス以来初めてステージ以外の場所で泣いた。

「鳴海、もしかして泣いてる？」

敦也に呼びかけられて、振り向いたら最後、しばらくからかいのネタにされそうだ。

「お菓子食べるでしょ？　甘くないやつだからさ」焼肉の言葉にうなずいた。

今日のことを歌う日も、近い未来にやってくるのだろう。楽しい曲にしたい。幸せな曲にしたい。それならと覚悟を決めて、涙も拭わずに振り向いた。「ひっどい顔！」三人に一斉に笑われた。高低差の激しい声が混ざり合って響きが素敵だ。それを元にまた新しい音楽が生まれようとして、ああやっぱり私は寝ても覚めても死んでも生きても、この人たちの前で一生カッコつけていたいと思った。

シラナイカナコ
Shiranai Kanako

「四葉《よつば》ちゃんの部屋が見たいなぁ」

一五歳年下の恋人・修司《しゅうじ》がそう言うから、私はベランダに立ち、部屋に向かってスマートフォンで写真を撮った。四畳半のワンルーム。前に住んでいたところとは広さも清潔感も比べ物にならない。普段から日当たりの悪い室内は、冬の夕方ということもあってとても薄暗く見えた。

三日後に修司と会う機会があり、そのときに写真を見せた。

「これ、前に言ってたやつ。私の部屋」

「……ありがと」

飲食店のカウンター席に横並びに座り、私は修司にスマートフォンの画面を見せた。あれほど見たいと言っていたのに、修司は大して興味を示さなかった。「ふうん」と小さくつぶやいたきり、ぼんやりと黙って写真を拡大したり、元の大きさに戻したりしている。少し落ち込んでいるようにも見えた。前に言っていた「部屋が見たい」という言葉は、何か別の意味の暗示だったのかもしれない。私はそれに気づかなかったふりをして「何もなくて寂しい部屋でしょう」と言った。

「そんなことないよ、こざっぱりしてていいじゃない」

修司はあわてたように顔の前で手を振り、取りなすように言った。

「ね、これ何？　壁にかかってる、この黒いやつ」

写真の一部を拡大して私に見せてきた。

「絵だよ。何年も前に友達から買ったの」

「絵？　これが？」修司がさらに写真を拡大する。

「全部真っ黒じゃない」

「そうね、色は全部黒。絵の具のでこぼこで線が描かれてるの」

「何それ。ちょっと見てみたいかも」

修司の目がちかっと光った。目が輝く、という言葉を漫画や小説でよく見かけるけれど、あれは比喩《ひゆ》じゃなかっただろうか。一瞬だけ私は真剣に考えたけれど、すぐに店の照明が瞳に映り込んでいるだけだと気づいた。

「俺、アートが好きなんだよね」

そう言って修司はぐいっとビールをあおる。ジョッキを持った手に、うっすらと血管が浮かび上がっているのが見える。私と同年代の男にはもうなくなってしまったその若さの象徴に、まぶしさを感じて私は目を細めた。

「……このあと、来る？」修司に尋《たず》ねた。

「いいの？」

ジョッキの泡を見つめていた修司が、顔を上げて私を見た。嬉《うれ》しいと思っていることが、その目を見ただけでわかった。目が輝く。的を射た比喩だと私は思った。

「いいよ。来なよ」

修司の目から視線を外し、まだあたたかい鶏《とり》の唐揚げを箸《はし》でつまみながら私は言った。

終電に乗って、二人で私の部屋へ行った。立てつけの悪いドアを開け、修司を先に通す。

「おじゃましまーす」

そう言って入った修司は、靴を脱いですぐに絵のある方へ歩いていった。アートに興味があるというのは、案外嘘《うそ》ではなかったのかもしれない。私は拍子抜けしてしまった。何期待してたんだ、と自分が少し馬鹿《ばか》らしくなった。そういえば、修司は大学で美術史を専攻していたと聞いたことがあった気がする。

疲れが急に押し寄せてくるのを感じて、私は玄関に座り込んでハイヒールを脱いだ。両手でふくらはぎをもんだ。筋肉の線がほぐれていくのを感じながら、やっぱりまだ履《は》き慣れないな、と心の内でつぶやいた。

三〇代の半ばまで、私はハイヒールのパンプスを履いたことがなかった。どんなときでも、どこへ行くにも「あの人たち」に見つかったらすぐに駆けだして逃げられるように、底が平らなスニーカーやサンダルばかり履いていた。

どうせ脱ぐなら今でいい、と洗面所でよろけながらストッキングを脱いだ。修司がいても気にしない。ネットに入れ、二日分溜まった洗濯物の山の上に放り投げた。

「お目当てのものは見られた？」

一つしかない部屋に入り、修司に訊《き》いた。

「すごいね……これ」

いつも元気が有り余っているような性格の修司が、思いがけず静かな声で言った。私は驚いて近づき、絵との間に割り込んでその顔を覗《のぞ》き込む。

「想像してた以上にすごい。これ、完成させるのにすごい時間がかかってると思うよ……。何日も何カ月も、いや、ひょっとしたら何年も。それくらい長い時間描かないと、完成させられないよ、こんなの……」

本当に感心しているときの声だった。壁にかかった絵を食い入るように見つめる修司は、私が初めて見る顔をしていた。目の前にあるものに心を打たれ、視覚以外の五感の一切を奪われてしまっている人間の顔だった。

「そんなにすごいのかな」

聞こえなくてもいい、独り言になってもいいと思いながら私はつぶやいた。

「うん。こんなの初めて見た」

修司はうなずく。強い口調でそう言われて、壁にかかったその絵を私はあらためて眺める。

真っ白なキャンバスの布地を、少しの漏《も》れもなく真っ黒に塗り潰《つぶ》してある。その上から何重にも黒の絵の具を塗り重ねてあり、二人の少女の姿が、絵の具の凹凸《おうとつ》によって浮かび上がっている。少女たちは並んで立っている。その表情は何かに耐えているようにも、見る人を睨《にら》みつけているようにも見える。そして何より視線を吸い寄せられるのは、二人が固く繋《つな》ぎ合っている手の部分だ。どちらの指や手のひらにも、バラやアザミより鋭い棘《とげ》がびっしりと生えている。自分の棘を相手の皮膚《ひふ》に刺し、相手の棘で自分の皮膚を刺されながら、混じり合った血を滴《したた》らせて、二人の少女はそれでも手を放さずに立っているのだった。

「友達から買ったって言ったよね？　いくらだったの」修司に訊かれた。

「一千万くらいだったかな」

「は……はあ？」

修司が目を見開いた。冗談だと思ってくれればいいのに、変に単純なところがあるのだ。私はあわてて顔の前でひらひらと手を振って否定した。そうする修司の癖が、いつの間にか私にも移っていることに気づいた。

「嘘だって。忘れちゃったけど、そんなに高くなかったと思うよ」

「その友達はなんて名前の人？　プロの画家だよね？」

「ううん、違う」

「これでプロじゃないの？」

修司の手が、デニムのポケットから出しかけていたスマートフォンを押し戻した。検索しようとしていたなと、私は頭の片隅《すみ》で思った。黙ったまま絵を見つめて数秒、修司は何かを思いついたのかまたポケットに手を伸ばした。

「四葉ちゃん。この絵、写真に撮っていい？　テレパスのみんなに見せたいんだけど」

修司が言っているのは、最近流行《はや》っているSNSのことだ。興味のあるコミュニティに参加して、知らない人と交流ができるらしい。私はまだ使ったことがなかった。

「写真は撮ってもいいけど、載せたらどうなるの？　バズるの？」

私が尋ねると、修司は大げさなほどの呆《あき》れ顔をした。

「四葉ちゃん、バズるなんて言葉もう古いよ。いくら美魔女でも年齢バレるよ？」

にやっと笑ってお尻をつねられた。

――加子《かこ》の絵が、何万人もの人の目にさらされる。

――未知のSNSに載せられる。

それは私にとって少し気が重いことだった。あるときはそんなことあってはならないと思い、またあるときはどうかそうなってほしいと願っていたこと。今の自分がどう思っているのか、私にはよくわからなかった。

私は、SNSが怖い。

この絵を加子から買って部屋の壁にかけたとき、こうして毎日この絵を眺めることが、私が犯した罪の償《つぐな》いになるのだと思っていた。部屋に入れば嫌でも目に入るこの絵は、初めは簡素な部屋になじまず、異質な空気を放っていた。けれど、いつしか部屋の方が絵に合わせるように徐々に薄暗くなっていったのだ。私が気づかないうちに、部屋の壁や床や天井が、この絵の黒に侵食されるように濃い影を帯びてきた。そしてあるとき、私がふと街のショーウインドーを見てみると、そこには部屋と同じ濃い影に侵食された、暗い雰囲気の女が映っていたのだった。加子の描いた絵は、私の生きる空間も、生きる体も、心も、何もかもを黒一色に染めてしまった。

「いいよ、載せても」私は修司に言った。

この絵をあなたがどうしたって構わない、と最後に会ったとき加子は私に言った。袋に入れて捨ててもいいし、どこかで燃やしたっていい。海に沈めてもいいし、オークションに出してもいい。それで良心が痛まないのなら、と。それなら、こうしてSNSに載せることくらい、どうってことないと加子は言うはずだ。

カシッ、カシッ、と修司がスマートフォンのカメラのシャッターを切る音が響く。アパートの脇の道路をバイクが走り去っていく音がした。どこからか聞こえる赤ん坊の泣き声に、ガコンと自販機の飲み物が落ちる音。テレビから流れる映画の音楽に、バラエティーの笑い声、はしゃぐ声、怒鳴る声。寒さに窓を閉め切っていても、壁の薄いこの部屋では周囲の人々の存在を忘れることはできない。顔も名前も知らない誰かが織りなす生活の音を聞きながら、私は、過去の自分が今の光景を見たら何を思うだろう、とぼんやり考えていた。

中学生だった。

ダイニ・ジュニア・ハイスクール・テニスクラブとローマ字で書かれたジャージの袖《そで》から、一本の糸が垂れていた。その糸を反対側の手で無理やり引きちぎって、ふいに全部が馬鹿らしくなった。

馬鹿らしい馬鹿らしい、プロになるわけでもテニスが好きなわけでもないのに、毎日こうして走り込みや筋トレや素振りや球出しやラリーをしている、みんなも私も何もかも。今すぐ大声で叫んで、地面に寝転がって手足をばたばたさせたくなった。でも、そんなの実行に移せるはずもなくて、引きちぎった糸を地面に捨て、前を見て、少し距離が開いてしまった他の部員の背中に追いつこうと走る速度を上げた。

イーチ、ニイ、イチニイファイオ、ファイオッ、ファイオッ。

どういう意味かもわからない、たぶん意味なんかない掛け声を繰り返す。綺麗《きれい》な二列になって走る部員たちから数歩遅れて、私の掛け声は口から出た瞬間に消える。

校舎のまわりをぐるっと走る。校門の前に来ると、帰ろうとしている名前も知らない後輩と目が合った。こっち見るな、置いてかれてるって思うな、笑うな。そう思って私が睨み返したときには、その子はすでに背を向けていた。数秒前の記憶をたどってみれば、そもそも笑われたというのは私の被害妄想で、あの子は初めから無表情だったかもしれない。花壇のそばに野良猫がいて、蹴《け》ってやろうと思っていたら私がたどり着く前に消えた。

走り込みの後は、全員でストレッチをする。くっしんー、という部長の声で自分の太ももに手を当てると、生えかけの毛が手のひらにこすれて小さな音がした。ざりざりと膝《ひざ》の曲げ伸ばしに合わせて手のひらで毛を撫《な》でる。最後に剃《そ》ったのはいつだったか考える。たしか一週間前だ。水に溶ける特殊ジェル配合というカミソリを買ったはいいけれど、水を用意するのを忘れて、結局いつも乾いた素肌にカミソリの刃を直接当てて剃っている。肌に良くないのはわかっているけれど、見た目は変わらないから気にしない。でもいくら目に見えなくても皮膚一面に細かい傷があるようで、冬の風に当たると冷たさを通り越して痛かった。ユニフォームのスカートが極端に短いのが悪いと思った。

ストレッチの後は、コートに入ってラリーをする。初めは二メートルほどで、徐々に距離を伸ばして打ち合う。距離を伸ばすたびに、北側のコートの部員が動いてペアが替わる。

私のサーブミスでラリーの球数が減ってしまったときは、ペアの部員に本当に申し訳なく思う。ごめんなさいごめんなさいごめんなさい、ひんやりしたコートに這《は》いつくばって土下座でもしたいくらいだ。でも実際は口だけで軽く「ごめん！」と言って、相手が「いいよー」と返してくれるのを待つ。ときどき相手が何も言わずに強めのサーブを打ってくることがあって、そんなときはいよいよ本格的にうずくまって泣きそうになる。ラケットを握る手が震える。

今日はコーチが来なかったから、ラリーの後は順番に球出しをして練習を終わらせた。ボールを拾い集め、擦《す》り傷だらけの買い物かごに入れてカートに乗せる。回転しないタイヤを引きずって運び、倉庫にしまった。ミーティングで部長が「今日は充実した練習でした」と言った。私は思わず笑いそうになって、代わりに鼻をくすんと鳴らした。

校舎へ戻って、教室に置いてきた荷物を取りに部員の集団と別れた。階段を上って、教室の扉を開ける。窓側だけ蛍光灯《けいこうとう》がついていた。加子が一人で座り、イヤホンを耳に挿して退屈そうに動画を見ていた。

「加子」

私が声をかけると、加子はぱっと顔を上げた。

「おかえり四葉ちゃん。今日はもう部活終わり？」

「うん。更衣室で着替えたら帰る」

「じゃあ私も行く」

加子は立ち上がってイヤホンを外し、コードをスマートフォンに巻き付けて鞄《かばん》のポケットにしまった。

更衣室で私が着替える間、加子は落とし物ボックスに入っていた腕時計を手に取り、じっと眺めていた。

「ねえ。かわいいね、これ」

そう言って私に見せてきた。文字盤の中央にミッキーマウスの絵が描かれ、長針と短針が腕になったデザインの時計だった。今は六時。ミッキーマウスの脳天から針が突き出ていた。誰の物かもわからないのに気持ち悪い、と私が時計を持つ加子の手を振り払うと、加子は「ミッキーって人生チョー楽しそう」と言って、何が面白いのか声を上げて笑った。

更衣室を出るとき、加子は腕時計を自分のブレザーのポケットに入れて、出して、また入れて「駄目だね」と小さくつぶやいて、結局、落とし物ボックスの中に戻していた。

二人で夜の帰り道を歩いた。加子の黒いスニーカーには白いペンでシライと名前が書かれているけれど、それすら見えないほどあたりは暗かった。ぽつりぽつりと道路の片側に街灯があるだけで、それすら三つに一つは電球が切れていた。

途中で一軒だけあるコンビニがとてもまぶしくて、横を通るときに一瞬、視界が光に包まれて白くなった。自動ドアが私と加子に反応して開き、あたたかい風と店内の音楽を少し吐き出した。

「ねえ四葉ちゃん、戻ってピザまん買おうよ」

コンビニを過ぎたところまで来てから、加子が言った。

「無理。お金持ってない」私は鞄を肩にかけ直しながら答えた。

「だよねー。私も」

加子は小さく笑った。少し苦しそうな笑顔だった。お金がないなら、どうして買おうなんて言ったの。喉《のど》元までせりあがった言葉を私は飲み込んだ。

白い息を吐きながら、加子は小さな声で話した。

「私のママ、いつも夜ご飯に五〇〇円くれるのね。でも欲しいものがあったから、私、五枚切りの食パンを五日に一袋買って、毎晩一枚ずつ食べてたの」

風が吹くと隣にいるのに聞こえにくくなってしまうくらい、ささやきに近い声だった。

「でね、今日何も食べなかったら、欲しいもの、ついに買えるの」

「何買うの？」私は自分の指先に息を吐きかけつつ訊いた。

「えっとね……高くて、ぴかぴかしてるもの」

「わかんないよ」

「いつか教えるね」

加子はブレザーのポケットに手を突っ込んで、「寒いねえ」と声を大きくした。急に強い風が吹いてきて、道の向こう側から汚れた段ボールが飛んできた。私と加子はお互いに離れてそれをよけた。

「じゃあね、バイバイ」

人通りのない小道に加子が入っていってから、私は深々と溜め息をついた。いつもここで帰りたくないと思うのだ。たとえ相手が加子だとしても、一人より二人の方が歩く速度はずっと速かった。夜道をとぼとぼ歩いた。

目的地が見えてきた。真っ白い壁、クリーム色の屋根、童話の挿絵《さしえ》のような出窓。教会と思い込んでいる人も多いらしいその建物に、私はそうっと入る。

「ただいま」

チョコレートのような模様がついた木製のドアを開ける。

「おかえり、四葉様」

待ち伏せしていたような速さで、お母さんがリビングから出てきた。

「もうお湯の支度はできているから、早く部屋に荷物を置いて下りていらっしゃい」

お母さんの後ろにリビングが見える。中央にはベッドくらいの大きな水槽があって、なみなみと湯が溜められている。立ち昇る湯気で、照明がにじんで見える。

「お腹《なか》すいたな」私はつぶやいた。

「ご飯はお清めの後よ」お母さんが笑顔のまま短く言った。

「わかった」大人しくうなずく。この人には決して逆らうべきではないということを、私はよく知っている。

去年の冬、恵令奈《えれな》ちゃんがお母さんの宝物だったアンティークのティーカップを割ったときは大変だった。お母さんはまだ九歳の恵令奈ちゃんを丸二日間一階のトイレに閉じ込めた。私が止めようとすると、お母さんは「四葉様には関係ないわ」と言って私の肩を抱いた。その優しさが恐ろしかった。夜中にこっそり恵令奈ちゃんを出してあげようとしたら、見張りに来たお母さんに見つかった。お母さんは深夜の二時からお清めの水槽に水を溜め、私を入れた。空気穴をあけた薄いフタをかぶせられ、三日間も出ることを許されなかった。

もちろん、私だって黙って言うことを聞いているわけじゃない。お母さんが眠っている間にフタを突き破り、水槽から出て、毛布にくるまってストーブの火にあたった。別に死ぬほどのことをされているわけじゃない。むしろ言いつけを守ればうんざりするほど過保護で、こんな目に遭《あ》わされることもない。それでも夜中に一人で真っ暗な部屋にいると体も心も麻痺《まひ》してしまって、寂しいのかな私、とストーブの灯《あか》りを見つめながら他人事《ひとごと》のように思った。この人がいい、とはっきり顔や名前を思い浮かべることはできないけれど、誰かに優しくしてほしくなった。ずっと前からそんなことを思っていたような気がした。

二階にある自分の部屋へ行って鞄を置いて制服を脱ぎ、下着だけになって一階へ下りた。寒さで腕に鳥肌が立っている。もうすっかり季節は冬で、こんなことで時間の流れを感じる自分を少し不憫《ふびん》に思った。

「早いわ、いい子ね。さあ入って」

お母さんが私の頭を撫で、肩を抱いてリビングへと促《うなが》す。私は下着を脱いで水槽に入った。一息に沈んで頭のてっぺんまでを濡《ぬ》らし、あおむけになって浮かんだ。

「みんな、お清めの時間よ」お母さんが二階に向かって呼びかけた。

一人、また一人と階段を下りてくる音がする。最初にリビングに入ってきたのは杏《あん》ちゃんだった。次におばあちゃん、その次に恵令奈ちゃん。みんなは私が入っている水槽の周りに集まった。

「さあみんな、手を出して」

お母さんが言った。両手をお皿の形にしたみんなの手のひらに、乳白色のボディーソープを垂らす。週に一度、お母さんが米のとぎ汁や石灰水を混ぜて作っているものだ。かすかに花のような匂いがして、私はそれを嗅《か》ぐといつも自分が固いつぼみの中に閉じ込められるような気がする。

「偉大なる我らの神マイマイよ、我らの幸福の子を清めたまえ」

「その無垢《むく》な体にはびこる悪から救いたまえ」

「幸福の子を目印に我らに光をもたらしたまえ」

「その運命の日に我らのみを光へ導きたまえ。そして無知の民を世の奈落《ならく》へ導きたまえ」

祈りの言葉を口にしながら、みんなは水槽に手を入れた。ボディーソープが肌を滑る。太ももに触れる手の動きに、生えかけの毛が逆らうのを感じて私は目を閉じた。

恵令奈ちゃんの小さな手が私の顔を撫でる。おばあちゃんの冷たい手が私の足の裏を撫でる。杏ちゃんの手は皮膚が薄くて、お母さんの手は全体的に骨ばっている。毎日こうされているうちに、いつの間にか目を閉じていてもどれが誰の手かわかるようになった。

「偉大なる我らの神マイマイよ、我らの幸福の子を清めたまえ」

「幸福の子を目印に我らを光へと導きたまえ」

「幸福の子、我らの四葉様」

「四葉様、四葉様」

「どうか私たちに幸福をお与えください」

「どうか、どうか、どうか……」

ふいに頭が沈んで目を開けると、おばあちゃんが私の足の裏を額《ひたい》に当てていた。目を瞑《つむ》り、祈りの言葉を繰り返している。おばあちゃんの声は徐々に大きくなって、やがて叫んでいるのと同じくらいになった。私の足の裏が熱く湿って、おばあちゃんが泣いているのがわかる。

おばあちゃんは、ときどき今日のようにお清めに熱が入りすぎて我を忘れる。そんなおばあちゃんを、お母さんは優しい目で見つめている。どこかうっとりしているようにも見える。あたたかい湯につかっているのに、私の体は震える。

ぬめりのある湯が私の口に入った。かすかに苦いそれを、溜め息と一緒に気づかれないように吐き出した。おばあちゃんはまだ叫ぶように祈っている。その声が聞こえないように、私は息を吸って後頭部から湯の中に頭を沈めた。

「運命共有教」とインターネットで調べれば、ほんの数秒で何万件もの情報がヒットする。数十年前に設立されたばかりの、比較的新しい宗教団体だ。信者は全国で三千名を超える。セミナーと呼ばれる勧誘会も、駅前での演説も、ビラ配りも、折り込み広告も、線路沿いの立て看板もなんでもやる。全知の神・マイマイを唯一の神とし、信者の間に生まれた子から一人を選び「幸福の子」と呼んで崇《あが》める。

小学校に入学して間もないころ、学校のパソコンルームで私は生まれて初めてインターネットに触れた。そこで自分の暮らす施設「運命共有教院」のことを調べ、自分たちが世間の常識から外れた異常な存在であることに気づいたのだ。

運命共有教では、信者でない人々のことを「無知の民」と呼ぶ。無知の民は滅びるべき存在であり、地球が二つに割れる「運命の日」に、信者のみが救われるという考えを持つ。

一四年前の私が生まれた日、日本とトルコとネパールで大地震が起きた。運命共有教の信者たちはそれを「運命の日」の予兆だと言い、引き起こしたのは私だと考えたらしい。そして私は幸福の子に選ばれたのだった。物心ついたころから、名前に様を付けて呼ばれていた。お清めといって水槽で体を洗われ、撫でられ、見知らぬ大人たちから崇められていた。

お母さんもおばあちゃんも杏ちゃんも恵令奈ちゃんも運命共有教の信者だ。年齢も生まれたところもバラバラの寄せ集めの信者が、同じ一つの教院で暮らしている。私は自分の本当の家族を知らない。一〇年に一度、運命共有教では「シャッフル」というものが行われる。全国にある教院に暮らす信者を、一斉に入れ替えるのだ。私は前回のシャッフルが行われる三年前までは九州に住んでいた。

両親が信者ならば、その子どもも生まれながらに信者と決まっている。誰と誰が本当の家族なのか知らない。前の教院に私の本当のお母さんやおばあちゃんがいたのかもしれないし、今一緒に暮らしている人たちの中に、血の繋がった家族がいるのかもしれない。教院に入っているのは、上位の信者だけだという。私も生まれたころは外の世界にいたのだろうか。普通の家の中で、父と母がいて。上位の人間に訊けばわかるかもしれないけれど、私にはそれを尋ねるすべもなかった。

幸福の子は常に一人と決まっているけれど、いつまで私が幸福の子でいるかは知らない。信者の子どもが生まれる日にまた地震が起こればいいのだろうけれど、私のときのような大災害は簡単には起こりそうもない。どの信者も、シャッフルによって幸福の子と同じ教院になることを望んでいる。男は男性専用の教院、女は女性専用の教院と決まっているから、私が幸福の子になってからというもの、男性の信者はずいぶん減ったと聞いた。反対に、女性の信者の数は倍近くに膨れ上がったらしい。

テレビもゲームもなく、周りの同級生が話していることの内容を知らない。当然、友達はできなかった。寂しかった。寂しいという感情を押し殺すことを覚えて、それでもまだ楽しげな周りの女の子たちがとても羨《うらや》ましかった。

中学校に入学したときに今のお母さんと散々口論をして、やっとの思いでテニス部に入ることを許された。小学生のころに教院の窓からときどき見ていた、おそろいのジャージを着た中学生たちにあこがれていたのだ。あの一員になれば、私も普通の中学生になれるような気がしていた。

でも、入ってみてわかった。部活は私をこの場所から救い出してくれるような素晴らしいものではなかった。テニスをしたことも見たこともなかった私は始める前から後《おく》れを取っていたし、ラケットの握り方はもちろん、ゲームのルールすら知らなかった。ボールを打てば誰かに迷惑がかかるし、意味のわからない掛け声もなんだか恥ずかしい。あんなに格好良く見えていたジャージも、慣れてしまえば袖を通しても何も思わなくなった。

練習時間は長いし、ボールを追いかけることに意味を感じるわけでもない。それでも退部して何もかもなしにすることは考えられなかった。少しでも長い間、教院の外にいたかった。

去年の冬に、生まれて初めて脚《あし》の毛を剃った。ユニフォームのスカートから伸びる、体毛の濃い自分の脚を見るたびに死にたくなっていたのだ。視線を下に向けるたびに、私はここにいるべきではないと強く思い知らされるような気がしていた。お母さんに怒られるとわかっていたけれど、毛が剃り取られたあとの脚は自分のものじゃないみたいに綺麗で、どうしてもカミソリの刃を滑らせるのを止められなかった。つるつるの脚は周りと同じ。これで少しくらいは劣等感《れっとう》を覚えずにユニフォームのスカートに脚を通せると思った。

「幸福の子は一グラムでもその重さを減らしてはいけないのに」

綺麗になった私の脚を見て、お母さんはそう言って怒った。その日、私は一日お清めの水槽から出ることを禁じられた。冬の中でも特に寒い日だったから、翌日インフルエンザよりもひどい風邪をひいた。三日間寝込み、体重が三キロ減った。お母さんはこれでは元も子もないと思ったのか、それからは冬に私を水槽に閉じ込めることはなくなった。けれど今でも、私が体の毛を剃ったことに気づくとお母さんは丸一日私を部屋から出してくれない。

こんなの狂気だと教院の生活に染まり切った私でさえ思うのだから、知られてしまったときの周りの反応など考えたくない。異常だとわかっているから、誰にも話せない。そもそも話せる相手すらいない。部活に入っても、脚が綺麗になっても、私はあれほどあこがれていた普通の中学生にはなれなかった。

学校に着いて教室に入ると、加子が掃除ロッカーを開けたり、窓を開けて下を見たり、机の中を覗き込んだり、本棚を動かしたりしていた。

「どうしたの」

私が訊くと、加子は「上履きがなくなっちゃったの」と小さな声で言った。今月に入って三回目だ。私は自分の鞄を机に置いて、加子を手伝うことにした。周りのクラスメイトが私と加子の動きを目で追っているのがわかった。

加子の上履きは、ゴミ箱の中から見つかった。私が見つけた。シライと書かれていたはずの部分が赤のマジックペンで塗りつぶされ、代わりに中敷きにビンボー星人と書かれていた。加子はためらわず足を突っ込み、「履いちゃえば見えないでしょ」と言った。

いじめられている加子のそばにいることが、クラスでの私の役割だった。本当は、それが自分の役割だと私が思いたいだけかもしれない。私はいじめられてこそいないけれど、加子がいなくなったら誰と一緒にお弁当を食べたり、トイレに行ったりすればいいのかわからない。でも、それを加子の前では認めたくないとも強く思うのだった。加子に同情されたくなかった。加子より下に見られることを、私は私に許せなかった。だから自分の育ちのことなど、加子には他の人以上に話せるはずもなかった。

昼休み、お弁当を食べ終えてから二人で誰もいない美術室へ行った。窓際の席に座って、イヤホンを一つずつ耳に挿して加子のスマートフォンで動画を見る。加子が選ぶのは、いつも同じバンドのミュージックビデオだった。特にライブの映像をそのまま切り取ったものがお気に入りの様子で、毎日のように再生していた。私はスマートフォンの画面を見ず、音楽も聞き流しながら、美術室の壁に飾られた校舎のデッサンを見ていた。

加子が動画の音量を上げた。画面に目を向けると、きらきらした目のボーカルが野外のステージでギターを弾きながら歌っていた。

——おやすみ、愛《いと》しの子猫ちゃん。悪夢は取り除けやしないけど、起きたとき必ずそばにいるよ。君の寝息を僕のお守りにするよ。

加子は恍惚《こうこつ》として聴き入っていた。曲が盛り上がる箇所《かしょ》に入ると、ビデオに合わせて歌詞を口ずさんでいた。音痴《おんち》な歌声にうんざりして窓の外を見ると、ちょうど猫が校庭を横切るところだった。まだ小さい子猫だ。私はそのことを加子に教えようか少し迷って、やめた。

それから私は窓の外を眺めるふりをして、横目で加子のことを見ていた。冬なのに部活で焼けた肌が元に戻らない私と違って、加子の肌は透けるように白かった。体の細さも相まって、加子は強い光に飲み込まれたら消えてしまいそうなくらい頼りなかった。

教院に帰ると、お母さんがダイニングテーブルで向かい合った杏ちゃんを叱《しか》っていた。

「四葉様。おかえりなさい」

私が横に立つと、それまで怒鳴っていたお母さんは笑顔になって言った。

「どうしたの」

「杏ちゃんがスマートフォンを買ってきたの」

「言わないでって言ったじゃん」杏ちゃんがあわてたように立ち上がる。お母さんに睨まれると、溜め息をついてから開き直ったように私のことを見た。

「私は高校生だし、それくらい別にいいと思わない？　ねえ四葉様」杏ちゃんに訊かれた。

「四葉様に訊くのはやめなさい。スマートフォンなんてよくないわ。インターネットなんて絶対に許さないからね」

「お母さんがなんで私たちをインターネットに触らせないか知ってるよ。私たちのことを調べたら、マイマイ様の罰《ばつ》が下るからでしょう？」

「そうよ」

「だったら大丈夫。私が見るのはアイドルのツイッターだけだから。それにお金はアルバイト代で払うし」

「アルバイト？」お母さんの顔が強張《こわば》った。

「先月からコンビニで働いてるの。ほら、四葉様の中学校からここまでの途中にあるところ」

「今すぐやめなさい」お母さんが言った。

「杏ちゃん、お母さんはあなたがそんなに信仰心のない子だとは思わなかったわ。勝手なことをするのは今後一切やめなさい。スマートフォンは明日解約してきてあげるから」

「でも……」

「いいんじゃない、お母さん。私だって好きなもの買ってもらってるし」

私が言うと杏ちゃんは「四葉様……」と感激したような目で見てきた。お母さんは眉間《みけん》にしわを寄せたまま黙っている。

「……勝手になさい。マイマイ様の罰は恐ろしいのよ」

低い声でそう言って、立ち上がって二階へ行ってしまった。階段の途中のあたりから、壁を蹴る鈍い音が響いてきた。

いつも通りのお清めの後、私は自分の部屋に戻った。ベッドに身を投げ出した。杏ちゃんのことを考えていた。

杏ちゃんも私と同じように両親が運命共有教の信者で、生まれてからずっと教院にいる。三年前のシャッフルで一緒になったときから真面目《まじめ》な子で、お清めのときはいつも誰よりも手に力がこもっていた。運命共有教が異常だということにも気づいていない様子で、毎朝起きるとマイマイに向かって独自のお祈りを捧げているくらいだ。

真面目な杏ちゃんのことだから、マイマイの罰のことも信じているに違いない。きっと、本当にアイドルのSNSを見ることにしかインターネットを使わないつもりなのだろう。罰が下るなんて嘘だよ、と教えてあげようか。もし罰が下るんだったら、学校のパソコンで私たちのことを何度も調べている私なんか、とっくに死んでいるはずだよ。そう言ったら杏ちゃんがどんな顔をして驚くのか、見てみたいような気がした。今から部屋に行ってみようかと一瞬本気で考えて、やめた方がいいと思った。お母さんに見つかって、また水槽に閉じ込められるのは嫌だった。

この教院でスマートフォンを持っているのはお母さんだけだ。月に一度、教団のページを開いて私だけに見せてくる。マイマイが見守る目印になるというブローチやネックレスの画像を前に「どれでも好きなものを選んでいいのよ」と言われる。欲しくもなんともないけれど、いらないと言えば怒られる。買ってもらったいくつものブローチを、私はもう何年も部屋の引き出しにしまい込み続けている。

私たちはずっとインターネットとの繋がりを薄くして暮らしてきたのに、杏ちゃんがアイドルのSNSを見始めたら、今の不安定な生活のバランスが崩れる気がした。崩れることが嫌なのかと訊かれたら、私は違うと答えるだろう。私は自分が幸福の子として崇められ、撫でられ、四葉様と呼ばれることに疲れてしまった。

私が通う中学校では、五月の体育祭とは別に一月に体力記録会というものがあった。一〇〇メートル走と大縄跳びとバスケットボールとソフトボールの中から、一つ競技を選んで全員が参加することが決まりになっていた。運動が苦手な生徒は、一瞬で終わる一〇〇メートル走を選択することが多い。当然のように私と加子もそうした。

記録会の当日の朝、教室に入ると、加子が泣き出しそうな顔で私のところへやってきた。

「これ見て」

そう言って、加子は私の机の上にぼろぼろになった一枚の布を広げた。よく見ると、切り刻まれて泥やチョークで汚された加子の体操服だった。

持ち物を隠されたことは今までに何度もあったけれど、ここまでめちゃくちゃにされたのは初めてだった。静かに涙を流し始めた加子をどうすればいいのかわからずに、私は椅《い》子《す》に鞄を置いたままその体操服を黙って眺めていた。

「……先生には、言った？」

やっとのことで尋ねた。加子は首を横に振った。担任に言えば家に連絡される。一人で自分を育ててくれている母親に迷惑をかけたくないと、加子は以前からよく言っていた。

始業の時間が迫ってきて、教室にいた生徒は更衣室へ移動を始めた。取り残されるわけにはいかないから、私と加子も更衣室へ向かった。加子はもう泣いてはいなかったけれど震えていた。汚されたのはTシャツと短パンだけだから、下は長ズボンをはけばいい。問題は上だった。加子は制服のワイシャツ姿のまま、更衣室の隅で縮こまっていた。周りの生徒の話し声や制汗剤の匂いが小さな無数の刃物になって、加子だけでなく私の皮膚にまでも浅い切り傷をつけているみたいだ。耐えきれなくなって、私は自分の体操服のTシャツを加子に差し出した。

「……いいの？　四葉ちゃんはどうするの」

「部活のジャージ着とくから平気」

私は制服のワイシャツを脱ぎ、下着の上にそのまま部活のジャージを羽織った。

「ほんとにいいの？」

「うん。着なよ」

「ありがとうね」

華奢《きゃしゃ》な体には少し大きすぎる私のTシャツを着て、加子は胸元の私の名前の刺繍《ししゅう》をじっと見つめた。

校庭に出てみると、部活着でいるのは私だけだった。バスケ部や陸上部にも学校名が入った上着があるはずなのに、どこを見ても白のTシャツしかいない。真っ赤なジャージの私はとても目立っていた。加子が私の顔色を窺《うかが》うようにそっと視線を上げた。私がわざと大きな声で「何？」と訊くと、一瞬はっとした顔をしてから「なんでもない」と笑い返してきた。

コースの外側にある順番待ちの列に加わり、私と加子はかすかに湿っている地面に腰を下ろした。膝下までの靴下をずらすと、脚にくっきりゴム紐《ひも》の跡がついている。その皮膚の凹凸を私は指の腹でなぞった。一〇〇メートル走のトラックの外では、ソフトボールのトーナメント戦が行われていた。ときどき頭のはるか上を黒い影が素早くよぎって、ボールだ危ないぶつかる、と思ってあわてて空を見上げると、それはただの鳥だったりした。

走順は出席番号で決まっているから、加子の方がずいぶん早くに終わる。名前を呼ばれ、加子は何度も周りを見ながら不格好なクラウチングスタートの形をとった。よーい、と係の生徒が手を上げる。合図のピストルから明らかに一秒ほど遅れて、加子は飛び出した。

一緒に走る三人と加子の差はぐんぐん開いていった。ひらひらと細い手を泳ぐように動かして加子は走っていた。交互に脚を出す速度が他の三人に比べてずいぶん遅く、優雅にすら見えるくらいだ。でも顔を見れば、加子が必死に走っていることが痛いくらいにわかった。

加子がゴールしたあと、誰かがからかうように二、三回拍手をした。加子は記録も聞かずに走り終わった生徒の列にさっと並んだ。走っていたときよりも素早い動きだった。

あと少しで来る自分の順番を待ちながら、加子にTシャツを貸して本当によかったと考えていた。あのとき何も見なかったふりをして自分で自分のTシャツを着て、更衣室に加子を置いていっていたら、きっと加子とはもう永遠に口を利けなくなっていた気がした。加子を見捨てることは、同時に私が一人になるということでもある。私は加子と一緒にいてあげるふりをして、他に友達がいない自分を周りから隠している。現実になったかもしれない一人きりの時間のことを考えると、今真っ赤なジャージを着て目立っていることくらいどうってことないと思った。私の名前が呼ばれた。

運動は昔から苦手だ。ゴールテープなんてきっと人生で一度も切ることはない。早く終われと思いながら私は校庭のトラックを走った。

「すごいねえ四葉ちゃん。あと少しで一人抜かせそうだったじゃない」

走り終えた後、加子と話しながら校舎へ戻った。更衣室で着替えを済ませる。教室には誰もいなかった。ほとんどの生徒はまだ記録会の最中だ。順番を終えた一〇〇メートル走の生徒も、まだ更衣室に残ってお喋《しゃべ》りをしていた。

「はいどうぞ」

加子が鞄からスマートフォンを取り出し、私にイヤホンの片方を差し出した。蛍光灯すらつけないで、私たちは加子が好きなバンドのミュージックビデオを再生した。きらきらした目のボーカルが画面の中で歌って、加子はまた音痴な声で口ずさんだ。

「そんなに好きならライブに行けばいいじゃない」

私が言うと、加子は歌うのをやめて「行けるものならね」と言った。お金がないという意味かと思っていたら「この人たち、和歌山にいるから。遠いよ」と小さな声で付け足された。

ぬるい湯は少しずつ確実に私の体温を奪う。お清めの最中、ふと祈りの言葉以外の声が聞こえて私は湯の中で目を開けた。顔を上げると、みんなは私ではなく杏ちゃんを見ていた。

　杏ちゃんは目を瞑り、ボディーソープのついた手で私の体を撫でながら小声で歌を歌っている。最近街中でよく耳にするアイドルの曲だった。歌うことに夢中で、みんながお清めの手を止めていることにも気づかない。恵令奈ちゃんが助けを求めるような目で私を見た。おばあちゃんは私の足を握りしめたままだ。ボディーソープで皮膚と皮膚が滑った。

「杏ちゃん」お母さんが言った。杏ちゃんはまだ気づかずに歌っている。

「杏ちゃん！」

　お母さんがパンと手を叩いた。ボディーソープが飛び散り、小さなしゃぼん玉がいくつか飛んで弾《はじ》けた。杏ちゃんは目を開け、歌うのをやめた。

「どうしたの？　お母さん」驚いた顔で尋ねる。

「杏ちゃん、どうしてお祈りをしないの？」

　口調は優しいけれど、こういうときのお母さんはとても怖い顔をしている。私や恵令奈ちゃんなら一瞬ですくみ上がってしまうし、少し前までなら杏ちゃんもそうだった。でも今日は違った。

「ごめんなさい。だって、新曲のマサティーのソロがめちゃくちゃにカッコいいんだもん」

　お母さんはあっけに取られた顔で杏ちゃんを見つめていた。我に返って大げさな溜め息をついて「杏ちゃん、手を洗ってきなさい」と静かな声で言う。

「なんで？　まだお清めの途中だよ」

「いいから。今日はもう二階に上がって休みなさい」

「何言ってるの、お母さん。まだ七時だよ」

「いいから」

杏ちゃんは困ったような顔で私を見て、それから洗面所へ向かった。

お清めが終わった後、お母さんは長い突っ張り棒を持って階段を上っていった。私も恵令奈ちゃんの手を取って二階へ行った。お母さんは杏ちゃんの部屋の引き戸と壁を棒で噛《か》ませ、内側から開かないようにしている。私や恵令奈ちゃんを閉じ込めるときと同じ方法だった。恵令奈ちゃんが私の手を強く握った。私は黙ってお母さんが足で棒の角度を調整するのを見つめていた。

「杏ちゃん。最近、芸能人の変な男の人にばかり時間を割《さ》いているようね。あんまりやりすぎると、どんなに他の教えを守っていてもマイマイの罰が下るわよ。いい子になるまでしばらくお部屋にいなさい。わかった？」部屋の外からお母さんは杏ちゃんに言った。

「杏ちゃん？　聞こえてるの？」

返事の代わりに聞こえてきたのは、大音量で流れるアイドルの曲だった。さっき歌っていたのと同じ曲だ。お母さんは拳《こぶし》でドアを叩いて「やめなさい！」と叫んだ。

「お母さん、これ」

普段はめったに口を開かないおばあちゃんが二階へやってきて言った。お母さんに一枚の紙を差し出している。

「一階のゴミ箱に捨ててありました」

長いレシートだった。まさてぃーおりじなるでざいんすぴーかー、まさてぃーおりじなるでざいんへっどふぉん、まさてぃーおりじなるでざいんりっぷくりーむ、まさてぃーおりじなるでざいんとーとばっぐ。お母さんは呆然《ぼうぜん》とした声でその文字を読み上げた。部屋の中からは、まだアイドルの歌声が聞こえていた。


それぞれの教院の代表者による集会でお母さんが遅くまで帰らない日、たまたま雨で放課後の部活が中止になった。急にぽっかり空いてしまった時間を持て余して、私は学校のパソコンルームへ向かった。

洗濯もの干しっぱなしにしてて、と言って、加子は放課後すぐ家に帰ってしまった。今朝登校したときは傘を持っていたはずなのに、鞄を雨よけにするように頭の上に掲げて走っていった。雨の日は、必ず加子の傘がなくなる。似たようなビニール傘が多いから間違えられてるんだよ、と言って柄《え》の部分にペンで名前を書いたことがあるけれど、何十本も詰め込むように刺された傘立ての中で、加子の傘だけが放課後になるとなくなっていた。

私は一人でパソコンルームへの長い廊下をぺたぺたと歩いた。誰かが開け放した窓から細かい雨粒が飛びこんできて頰《ほお》を濡らした。

適当な席に座って、パソコンの電源ボタンを押した。IDとパスワードは、それぞれスペースキーを一回ずつ押せば開く。こんなに緩くていいのだろうか。

こうしてときどき学校でインターネットに触れることが、教院にいる私が世界と触れ合える唯一の時間だった。少し前までは教団のことばかり調べていたけれどやめてしまった。気分が悪くなるだけだとわかったからだ。

インターネットからＹｏｕＴｕｂｅ《ユーチューブ》を開いた。英語のリスニングテストで使っている備品のイヤホンを挿し込む。「急上昇」という項目をクリックする。

コーラ二リットル飲んでみた、高級アパレルで一〇秒爆買い、三秒でエビフライ作ってみた、屋上からスーパーボール二〇キロ、チョコレートどれだけ食べられるか選手権。馬鹿みたいなタイトルの動画を、検索結果に表示された順に上から見ていった。面白いとも面白くないとも思わない。ときどき受験の近い三年生が来て、コピー機で高校の過去問を印刷していた。

洗濯機でプリン作ってみたというタイトルの動画を見ていると、「あなたへのおすすめ」という項目の一番上に、それまでとはまったく違う系統の動画が表示された。「邦ロックアニメーションシリーズ①」というタイトルだ。私は動画の中の男が洗濯機のすすぎモードで卵液を混ぜているのを停止し、その動画を再生した。

よく知った音が耳に飛び込んできた。私はマウスを操作して音量を上げた。

聞こえてくるのは紛れもなく、昼休みになるたびに加子が私に聴かせているバンドの曲だった。ボーカルの声が同じだ。音楽に合わせて、歌詞の内容に沿ったアニメーションが流れていく。細かなパラパラ漫画のような仕組みの動画だった。視聴者のコメントが五〇件ほどついていた。

>すげ。絵うま
>なんてバンド？　好きです
>投稿主のおかげでドウガネが有名になっちまいやがる……
>アニメーションいいね、なんか泣きそうになっちゃった
>ライブ行きたい。和歌山遠いよ……
>次『おやすみ子猫ちゃん』希望ですー！

流れるように移ろうアニメーションが綺麗で、気づけば私は我を忘れて見入っていた。一枚一枚の絵は線が少なく単純なのに、それらが繋がると現実のように目の前で情景が立ち上がって見える。動画を最後まで見た後、私は下に出てきていた「邦ロックアニメーションシリーズ②」をクリックした。動画が始まる前に、投稿者のコメントが字幕で表示される。

『リクエストありがとうございます。私も子猫ちゃん大好きです。今回は一番だけで、二

番は次回公開しますね。この前のインライで壱春《いちはる》くんが上京したいって言ってたけど、どのくらい本気なんだろう。』

曲が流れ、アニメーションが始まった。私の知っている曲だった。

――おやすみ、愛しの子猫ちゃん。悪夢は取り除けやしないけど、起きたとき必ずそばにいるよ。君の寝息を僕のお守りにするよ。

小さな子どもを寝かしつける男の人の絵が流れた。髪をそっと撫で、頬にキスをしている。子どもを庇《かば》うように片腕で囲み、隣に寝転んであくびをしている。見ていたら、なぜか苦しくなった。歌詞もアニメーションも優しさの塊《かたまり》みたいで、私は椅子に座ったまま動けなくなってしまった。

教団の言いつけを守ればとことん甘やかされるけれど、私は誰かに無条件に優しくされたことはない。この動画みたいに髪を撫でられたことも、頬にキスされたこともない。何度も再生しながら、指先から体の芯《しん》まで冷え切ってしまったみたいだった。「もう会えない両親を思い出す」というコメントがあって、それを見てまた苦しくなった。羨ましかったのだ。そんな記憶がこの人にはあって、私にはないのが寂しかった。

「邦ロックアニメーションシリーズ」の概要欄には、一週間に一度、金曜日の夜八時に投稿しますと書かれていた。金曜日は明日だ。見なければならないと私は思った。実体のないインターネット上のものに、こんなに激しい感情を抱いたのは初めてだ。アニメーションの情景が綺麗で優しくて悔しくなるほど妬《ねた》ましくて、心臓が紐で縛られたように痛んだ。

大きな水槽に入った湯はすぐに冷めるから、冬のお清めは辛《つら》い。特に冷え性のおばあちゃんの手は氷よりも冷たい。ひやりとした感触で声を上げそうになるのを何度も堪《こら》えた。

軟禁状態が解けた杏ちゃんは、ここ数週間でずいぶん痩《や》せてしまった。頰はこけ、目が頭蓋骨《ずがいこつ》から突き出しているように見える。手も足も骨がくっきりと浮き出ていて、顔色も以前より青白くなったような気がする。でも、杏ちゃんは以前よりずっと楽しそうだった。いつも鮮やかな緑色のヘッドフォンをして、好きな音楽を聴いて歌っていた。お清めのときもご飯を食べるときも学校に行くときもトイレに行くときも変わらなかった。お母さんに何を言われても気にしていなかったし、誰が呼んでも返事すらせず一人の世界に浸っていた。

私は杏ちゃんの変化が嬉しかった。今まで教団や周りの人間のことを信じ切っていた杏ちゃんが、外の世界へ目を向けてくれたのだ。私たちの暮らすこの教院にも、今までになかった何かが起こるかもしれないと思った。

翌日の昼休み、私と加子はいつものように美術室でイヤホンを分け合っていた。加子は「今日はビデオじゃなくていいや」と言って、スマートフォンの音楽アプリで曲を選んで再生した。同じ曲ばかりで飽きないのだろうか。

――おやすみ、可愛《かわい》い子猫ちゃん。愛を知らないなんて言わないで。型抜きクッキーみたいに最後に形がわかるのさ。

「なんなのこの歌詞？　この人たち有名なの？」

私が訊くと、加子は閉じていた目を開いて「全然。でもいい曲でしょう」と言った。それからまたうっとり聴き入っているから、馬鹿らしくなって私は鼻で笑ってしまう。加子は一瞬だけ泣きそうな顔をした。「これから有名になるよ」と小さな声で言われたけれど、私は返事をしなかった。

昼休みの後は数学の授業だった。教師のわかりにくい解説を聞き流しながら、私は徐々に暗くなっていく空の色を見つめていた。降れ。雨になれ。窓の外に広がる灰色の分厚い雲を見てそう念じた。教院に雷《かみなり》が落ちればいいとさえ思った。

大人になったら、教団とは縁を切ると決めていた。私が選んだわけじゃないのに、両親がそうだというだけで、生まれたときから私も信仰を定められていたのだ。名前も顔も知らない両親を数え切れないほど恨《うら》んだ。あふれそうな怒りや恨みや憎しみをどこにぶつければいいのかわからなかった。暗い感情をいつまでも心の中にくすぶらせて、いつの間にか自分のことを心底嫌いになっていた。私は何も悪いことをしていないのに、どうして信じてもいない神からの罰におびえていなければならないのだろう。

でも同時に、こんな胡散《うさん》臭い宗教を信じなければならないほど私の両親が何かに縋《すが》りつきたかったのだとしたら、そう思わせた世の中にも責任があると私は思った。両親だけじゃない。前の教院にいたお母さんや今一緒に暮らしているお母さんやおばあちゃんだってそうだ。杏ちゃんや恵令奈ちゃんや私は別として、自ら望んで入信した大人たちは、一体どんなひどいことを世の中にされたというのだろう。

私は、彼らをこんな場所に貶《おとし》めた世界を知りたかった。私たちのいる場所が、世間にどう思われているのか知りたかった。だから情報が必要だったのだ。けれど手を伸ばすたび、自分は運命共有教の信者であり「幸福の子」であるという現実に襲われた。インターネットで検索すれば、目につくのは教団がこれまでに起こした事件や事故の記事ばかりだ。掲示板には、私たちに関する数え切れないほどの悪口や誹謗《ひぼう》中傷があった。その一つ一つを読むたびに、そうじゃない違う私には関係ない悪くない、と自分を守ることで精いっぱいになった。

いくら境遇が同じでも、幸福の子というだけで、私は杏ちゃんや恵令奈ちゃんよりも教団と縁を切ることが難しい。そもそも教院を出る方法を知らないのだ。杏ちゃんなら誰から聞き出しているかもしれないけれど、私には教えてくれないだろう。いくら外に目を向けたといっても、杏ちゃんもまだ熱心な信者なのだ。インターネットで調べようにも、教団の教えは門外不出なのだから書いてあるわけがない。私はただ、外の世界にあこがれた杏ちゃんが教院を出て行くことを願うしかなかった。もし杏ちゃんが外へ出たら、私はそれと同じやり方をたどればいい。今の生活から抜け出すことができたら、他には何もいらないと思った。

重苦しい現実から逃れるように、近ごろの私の頭の片隅には常にＹｏｕＴｕｂｅの「邦ロックアニメーションシリーズ」のことがあった。あの流れるような綺麗な絵と、内面をえぐってくるストーリー。見れば羨ましくなるとわかっているのに、早くまたあれを再生したくてたまらなかった。③が投稿されてから、今日で四日が経《た》っているはずだ。晴れの日が続いて部活が中止にならず、私は学校のパソコンルームに行けずにいた。加子のスマートフォンを借りようかと思ったけれど、もし断られたら関係がこじれそうで言い出せなかった。

窓の外から、さあっと何かが広がるような音がした。私だけが空を見ていたから、他のクラスメイトは気づいていない。わあっと騒ぎ声がして、廊下を誰かが走ってくる足音が聞こえた。体操服を着た隣のクラスの生徒たちだ。

「体育が中止になったのね。雨が降り始めたから」

数学の教師が言った。

小走りでパソコンルームへ向かった。入り口に一番近い席の前で止まり、椅子を引くのももどかしくて立ったまま電源を入れる。「邦ロックアニメーションシリーズ」と、打ち込みながら震える手を馬鹿みたいだと思った。一番上に表示された動画をクリックすると、投稿者のコメントが表示される。

『ご視聴ありがとうございます。前回の続きの二番になります。子猫ちゃん自体がドウガネには珍しいラブソングなのに、この部分の甘ったるさといったら！』
二、三音のギターの後、すぐにボーカルの声が耳に飛び込んできた。
――おやすみ、可愛い子猫ちゃん。愛を知らないなんて言わないで。型抜きクッキーみたいに最後に形がわかるのさ。

アニメーションが始まって、先週見たのと同じ親子の絵が現れた。二人で料理をしている。子どもが卵を床に落として泣いているのを、父親が抱きしめてなだめている。それを見ながらまた、私の心臓のあたりが痛んだ。家族と一緒に料理をしたことのない自分に気づいて、何かを責めたくなってしまった。矛先《ほこ》は投稿者に向いた。ラブソングだと思うなら、こんな絵は描かなければいいのだ。どうして親子の絵を描いて、どうして心をえぐろうとしてくるのだろう。曲が終わると、またコメントが表示された。

『来週は、二本投稿します。開校記念日なので金曜が休みなのです。』

直感か、それともただの気まぐれだろうか。心にさざ波のようなものが立って、私は吸い寄せられるようにパソコンのマウスに手を伸ばした。「投稿者の丸いアイコン」をクリックする。

「概要ページ」には「シライカナコ」と書かれていた。

まさかと思いながら、脇に放り出していた鞄のファスナーを開けた。クリアファイルを出して、今月の予定表を引き抜いた。日付を目で追う。金曜日の備考欄には、開校記念日につき休校と書かれていた。

私は深々と椅子に沈み込んだ。そんなことってありうるのだろうか。

早とちりもいいとこだ。いつもこの曲を聴いているからって、加子がアニメーションを作っているはずがない。でも、私は知っていた。加子は絵のコンクールに入賞したことがあるし、昼休みの美術室で他の生徒のクロッキー帳を真剣にめくっていることもあった。もし、私の知っている白井《しらい》加子がこの動画を作った「シライカナコ」なのだとしたら。私にさえ明かしていないということは、このアニメーションは加子の誰にも知られたくない秘密なのかもしれない。

確かめたいと思った。予感が正しいか、自分ではっきりさせたいと思った。加子には絶対に直接訊かないと決めた。もし尋ねれば、このままの関係ではいられないような気がした。

私は結局、加子を見下せる立場にいなければ気が済まないのだ。一緒にいてあげていると思いたくて、でも学校で孤立することも同時にひどく怖かった。加子の秘密を直接本人に確かめないことは、加子本人のためではない。私自身のためでしかなかった。

金曜の開校記念日、私は朝から部活に行った。お母さんに「祝日だから少し練習が長引くかもしれない」と言って、嘘を見破られる前に駆け足で教院を出た。

走り込みの間も、ストレッチの間も、ラリーの間も、球出しの間も、ずっと加子とシライカナコのことを考えていた。曲のこと、アニメーションのこと、コメントのこと、今日のこと。美術室で見たミュージックビデオのメロディーが頭の中でぐるぐる巡った。一度でも加子とシライカナコのことを考え始めると周りが見えなくなって、危ないと言う部員の声に気づかず顔にボールが三回当たった。

保健室でもらった保冷剤で顔を冷やしつつ、部活の後に私はいつも加子と帰る道を一人で歩いた。刺すような風と氷の温度に指先の感覚を奪われる。いつも加子が「じゃあね」と言って曲がっていく小道に、私は足を踏み入れた。

築五〇年は経っていそうな家々が、お互いに寄りかかるように並んでいた。私はその家の表札を一つずつ見ていった。白井とほとんど消えかかった字で書かれたものを見つけて立ち止まる。台風にでも襲われたら、きしみながらぱたんと倒れてしまいそうな家だった。塗装の剝《は》げた壁を、名前も知らない植物の蔓《つる》が覆《おお》っている。家の中は静かだ。門のすぐ奥に庭があり、閉めた窓に白いカーテンが巻き込まれているのが見えた。

私はきしむ門を静かに開けて中に入り、めくれたカーテンの隙間《すきま》から室内を盗み見た。加子がいた。真っ暗な部屋の中で寝転がって、タブレットの画面を眺めていた。笑っているのがわかった。加子は薄い布団のようなものを被《かぶ》っていて、暗闇《くらやみ》の中でそこだけがブルーライトに照らされている。元の柄さえわからないほど汚れ、毛羽立ち、擦り切れた布団だった。

私は加子に背を向けて門から外に出た。夜の道を走る。止めていた息を解放して二酸化炭素を吐き出した。背負ったテニスラケットが足を踏み出すたび腰の骨に当たって痛かった。

勢いよく教院のドアを開けて「お清めを」と言いかけるお母さんを押しのけ、二階へ駆け上がる。杏ちゃんの部屋の引き戸をノックした。返事はなかったけれど構わず開けた。

「杏ちゃん、スマートフォン貸して」

杏ちゃんは音楽を聴いていた。私は勉強机の上のスマートフォンに手を伸ばし、緑色のヘッドフォンのコードを引き抜いた。

「は？　何？」

見たこともない怖い表情で杏ちゃんが私を睨む。気にせず手にしたスマートフォンでYouTubeを開いた。「邦ロックアニメーションシリーズ」と検索した。

つい数分前の投稿があった。タップし、投稿者のコメントを読む。

『布団被って編集するの最高です。毎日が開校記念日ならいいのにな。』

それ以上は見られなかった。杏ちゃんが私の手からスマートフォンを取り上げたからだ。

「返して」私は手を伸ばす。

「私の携帯よ。私が使ってたの」杏ちゃんはスマートフォンを頭上に掲げた。

「お願い」

「出てけ、四葉様」

　杏ちゃんはスマートフォンを握りしめて言った。爪に鮮やかな緑色のマニキュアが塗られているのに気づいて、それだけでなぜか勝てないと感じた。部屋を出た瞬間に背後で勢いよく引き戸を閉められて、鼓膜《こまく》がびりびりと震えた。


「四葉ちゃん、今日はいつまで部活？」

　放課後、加子が私に訊いた。「七時」と答えると「じゃあ待ってる」と言われた。

　加子の言葉にうなずいて、私は教室を出た。一人で廊下を歩いた。買い替えたばかりの上履きは少しサイズが大きくて、床につくたびにパカパカと鳴る。教室の前で喋っている生徒が周りにたくさんいてさわがしいのに、そのパカパカという音だけ、私の耳のそばで鳴っているみたいだった。

　誰かと目が合ってしまわないように、上履きの爪先の部分だけを見つめていた。何歩歩いたか数えながら、これから私はどうしようもなく一人になるのだと思った。机をくっつけてお弁当を食べたり、一緒にトイレに行ったり、一つのイヤホンで同じ動画を見たり、喋りながら更衣室で着替えたり、並んで帰ったりすることができる唯一の相手を、これから失うのだと考えていた。

ひどいことをしようとしているのはわかっていた。でも加子の秘密を知ったときからずっと、こうしなければ自分がどうにかなってしまいそうな心地がしていたのだ。

教室と同じ階にある更衣室へは行かず、ラケットを背負ったまま昇降口を目指した。途中で、コートへ向かうテニス部の部員たちとすれ違った。制服姿で階段を下りる私を見て不思議そうな顔をしたけれど、何も言ってはこない。私は靴箱の前でスニーカーに履き替え、そのまま学校を出た。

まだ日の残る明るい道を、一人でゆっくりと歩いた。最後にこんなに早い時間にここを歩いたのはいつだろうと思った。部活を終えて帰るとき、あたりは真っ暗で数メートル先も見えないほどだ。今日は明るいから、普段は見えないところもよく見えた。入学してからもう何百回も通った道のはずなのに、知らない場所にいるような気がした。暗いときはあんなに輝いていたコンビニも、窓ガラスの汚れが目立って、ただそこにあるだけという感じがした。

日が当たらず陰《かげ》になった小道に入り、私は加子の家の前に立った。

加子はまだ、教室に残って一人で音楽を聴いているのだろう。一緒に帰るためだけに、部活に行っているはずの私が戻ってくるのを待っているんだろう。

今日の休み時間、加子は「家の窓閉め忘れちゃったかも」と不安そうに言った。「あ、やっぱり閉めたかも。わかんない、忘れちゃったかも」と繰り返して、箸でつまんだお弁当のおかずをぽろぽろ取り落とした。その一つが床に落ちた。あ、もったいない。そう言って加子は落ちたきんぴらごぼうを指でつまんで口に入れた。お母さんが作ってくれたからねと言って、私を見て目を細めて笑った。私はどんな表情をすればいいのかわからなかった。

視線を落として、自分のお弁当に目を向けた。教院で食べているのと同じ、真っ白なパンと茹《ゆ》でた野菜、魚のすり身。「マイマイの監視が行き届いた場所で作られた安全な食物」だ。いつも代わり映えのしないお弁当を食べる私を、加子は「ジョブズスタイルだね」と言って笑ったけれど、私はその意味がわからなかった。

結局、家の窓のことは「大丈夫。閉めた」と加子は自分に言い聞かせていた。でも、加子のことだから閉めてないに決まっていた。「靴がなくなるかもね」とか「次は筆箱かな」とか、加子が不安を口に出すときは大抵的中するのだ。そして、それを聞いたときの私はきっと、今日この行動を起こすことを決めていたのだ。ねぇ加子、そんな隙だらけだからいじめられるんだよ。そう言おうとして、やめた。

案の定、加子の家の窓は開いていた。私は挟まっていた白いカーテンを手で払い、庭から中に入った。加子のタブレットを探した。タンスを開けたり、台所の戸棚を開けたり、押し入れを開けたり、テレビを動かしたりした。物が多く埃《ほこり》っぽい部屋の空気に何度もむせた。どこからか酸っぱいような臭いがして、体育の準備体操で加子と背中をくっつけたときに、これと同じものを嗅いだことがあると思った。

ない。どこにもない。狭く汚い部屋をいくら探しても、加子のタブレットは見つからなかった。私は部屋の隅にあるソファに目を向けた。粗《あら》い織目の布が破れ、中から綿が飛び出している。体重をかけてずらすと床がこすれる音がして、下から加子のタブレットが現れた。

画面の縁の白い部分には、ピンク色のハートのシールが一枚貼られていた。そのシールを爪ではがしながら、私は、加子は一体どのくらいの間、夕飯を食パンだけにしてこれを買ったのだろうと考えていた。

タブレットを脇に抱えて、私は加子の家を出た。コンビニのある通りまで引き返し、教院とは反対の方向へ歩く。誰もいない小さな公園に入って、花壇の前で立ち止まった。

タブレットを片手で持って振りかぶって、コンクリートでできた花壇に思い切り叩きつけた。パシッと確かな手ごたえを感じて、見ると太いヒビが画面を横断している。脚が震える。興奮で指先が熱を帯びて、画面が白い息で曇《くも》った。何度も何度も私はタブレットを花壇に叩きつけた。やがて真っ二つになってガラスで手が切れ、血がにじんでもやめなかった。砂場に入って石をいくつか掘り出し、タブレットの上に並べた。スニーカーを履いた足で踏みつけて引っ掻《か》いて傷を作った。飛び散った砂が目に入って的を外し、蟻《あり》を何匹も潰した。それでも構わずに石を、その下のタブレットを踏み続けた。

粉々になった破片をスニーカーで寄せ集め、コンクリートの隙間から側溝に落とした。全部下に落ち切った様子が見たくて地面に這いつくばると、花壇のそばに光るものがあるのを見つけた。拾うと五〇〇円玉だった。切り傷の血と一緒に制服のブレザーで汚れを拭《ぬぐ》って、私は公園を出た。

一歩、一歩、足を踏み出すたびに加子のことを考えた。

絵を描くのが上手だとか、作ったアニメを楽しみに待ってくれる人がいるとか、そういうことが羨ましいのではなかった。私はずっと、加子と自分は似ていると思っていたのだ。教院に閉じ込められた私と、いじめから抜け出せない加子。狭い世界で生きているという部分では、同じ気持ちを知っていると思っていた。この子だけはいつまでも私のそばにいると思っていた。だから、自ら外の世界に手を伸ばした加子に強烈な怒りが湧いた。自らの境遇にあらがった加子と願うばかりで何もしなかった自分を比べて、たまらなく悔しくなった。

私が、一緒にいてあげているのに。誰も相手をしてくれない教室で、二人して狭い世界に閉じこもっていてあげているのに。私がいなければ上履きすら見つけられないくせに、体力記録会すら出られないくせに！　好きなことには勢いよく歩み寄っていく加子のことを、私は許せなかった。

教院へ帰る途中、いつものコンビニの前を通った。一度は通り過ぎて鼻水をすすって、私はブレザーのポケットを探った。爪と五〇〇円玉が触れて、硬い感触があった。

使えるお金を手にしたのは生まれて初めてだった。お札や硬貨に触れたことはあるけれど、それらは必ず学校の給食費だったり、教科書代だったりした。この五〇〇円玉のようにまだ使い道が決まっていないお金というものを、私は知らなかった。

来た道を引き返し、吸い寄せられるようにコンビニへ入った。おそるおそる店内を見回した。手にしているのはたった五〇〇円だけれど、あれも買える、これも買える。数え切れないほどの商品が並ぶ棚に目がくらんだ。そこにいるだけで悪いことをしている気がした。

店内放送のラジオで喋る男の声が、加子の好きなバンドのボーカルに似ていた。しばらく聞いていると男がバンド名を口にして、同じ人だとわかった。

——僕たちドウガネのインディーズデビュー作となるアルバムが今月末にリリースされます。ぜひぜひ聴いてください。その中から一曲、どうぞ。

もう何度も聴いた曲の始まりが流れ始めて、耳を塞ぎたくなった。視界が狭くなったような気がして、興奮が冷め始めた。

どうして、私はこんなことをしたんだろう。どうして私は、自分のためにも加子のためにもならないことをしたんだろう。

顔を上げると、天井につるされた広告が目に入った。音楽が耳に入らないように別のことを考えようとして、ピザまん、と思った。数週間前の寒い帰り道、あたたかそうだったこのコンビニの横を通ったときに加子が買おうと言ったピザまんのことを、私は未だに覚えていた。本物のピザを食べたこともないのに。

「あの」私は棚に弁当を並べている店員に言った。

「ピザまん、ください」

「はあ、レジにてお願いします」店員は私を不審そうな目で見た。

私はレジに行き、外国人の店員に「ピザまんください」と言った。

「ハイピッツァマンヒトツネー」

店員は笑顔で言った。名札にイスハークと書かれていた。

小銭がたくさんのおつりの後、白い紙に包まれたものを渡された。受け取ると驚くほど熱くて、コンビニを出てしばらく、私はその熱い塊を持ったまま立ち尽くしていた。

脚が寒い。喉が渇いた。帰らなきゃ。目が痛い。日が暮れていく。色々なことを頭でぐるぐると考え続ける。それでも、心では何を思えばいいのかわからなかった。加子、加子、と音もなくただ何度も繰り返し呼ぶだけだった。

ラケットケースから出ていた一本の糸を引きちぎって、左右の手に持った黒い糸とピザまんをほんの少し見つめた。糸から手を放し、それが揺れずに落ちたから今日は風が弱いと思う。通りの向こうに猫がいて、目で追っていたら瞬《また》く間にどこかへ行ってしまった。

高校生になった。

年明けに、杏ちゃんが教院を出て行った。

ある日私が自分の部屋で勉強をしていたら、杏ちゃんがいきなり入ってきたのだ。「これ餞別《せんべつ》」と言って、封筒を差し出された。

「私、どこにも行かないけど」

「そういうことじゃない。いいから持っといてよ」

杏ちゃんは薄く笑いながら私の部屋を出て行った。開けてみると、封筒には一万円札が二枚入っていた。私はそれをお母さんに見つからないよう勉強机の引き出しにしまった。

週末、教院に一人の男の人が来た。

「二人で暮らすの。だからお母さん、私、ここを出て行きます」杏ちゃんはそう言った。

高校生のころ、アイドルに夢中になってから杏ちゃんはずっと上の空だった。常にヘッドフォンで音楽を聴いていたから、私たちが名前を呼んでも気づかないのが当たり前だった。でもその翌年の春、そのアイドルは芸能界を引退した。そのことを知った杏ちゃんは、お母さんに閉じ込められたわけでもないのに三日間自分の部屋から出てこなかった。真面目な杏ちゃんが学校を無断で欠席したのはそれが初めてだった。いつどこで買ってきたのか、お母さんが持っているのと同じつっぱり棒を引き戸の内側に嚙ませていて、誰も部屋に入ることはできなかった。

四日目の朝、杏ちゃんは憑《つ》き物が落ちたような顔で一階に下りてきた。もうヘッドフォンはしていなかったし、爪も緑色ではなくなっていた。

「あんなに夢中になっても、終わったらなんにも残らないんだねえ。私、気づいちゃったな」

杏ちゃんは気味が悪いくらいすっきりした笑顔で私に言った。

「決めたよ。私、これからは自分第一で生きることにする。他のことばっかり考えてても、あとで悲しくなるのは自分だけだってわかったから」

私は何も言えなかった。杏ちゃんが言っていることの意味はわかっても、だからどうするつもりなのか、まったくわからなかった。「お母さんに閉じ込められないように」と引き戸があえて外された部屋も、なんだか急に開放的になって気味が悪い。

その日から、杏ちゃんはよく家を空けるようになった。どこへ行っているのかは誰にも言わない。お清めにも参加せず、ご飯もめったに教院では食べなくなった。

「毎日毎日一体どこへ行っているの」

「お清めをしないと救いが訪れないわ」

「マイマイ様の罰が下るわよ」

「運命の日は近いんだから」

　お母さんがどんなに叱っても、杏ちゃんは「わかった」と平気な顔をしていた。その原因がようやくわかった。私は一階の隅から、杏ちゃんの隣に立つ背の高い男の人を見つめた。

「どこの教院の方なの？」

　お母さんは男の人を見ずに、杏ちゃんに訊いた。

「どこの教院でもないよ。アルバイト先で知り合ったの」

　杏ちゃんは男の人の腕に自分の腕を絡めていた。お母さんが大きな溜め息をつく。

「駄目よ杏ちゃん。教団の女の人は、教団の男の人と結婚する決まりよ。知ってるでしょう」

「知ってる。でもいいの。私、無宗教になるから。マイマイとはお別れします」

　杏ちゃんとお母さんはしばらくお互いの目を見ていた。杏ちゃんが振り向いて、私に向かって曖昧《あいまい》な笑みを浮かべた。私は笑い返せなかった。私の後ろには恵令奈ちゃんがいて、見慣れない大人の男の人の姿におびえていた。

「杏ちゃん」

　お母さんに呼ばれた杏ちゃんは、顔をしかめて向き直った。

「無宗教になるとか、そういう問題じゃないのよ。杏ちゃんのお父さんとお母さんは運命共有教の人なんだから、あなたも一生そうと決まっているものなのよ。生まれてすぐにマイマイの洗礼を受けたんだからね」

「おばさん、何言ってんの？」それまで黙っていた男の人が口を開いた。

「両親がそうだったから杏も一生縛り付けられなきゃいけないとか、そんなの馬鹿じゃねえの？　言ってて恥ずかしくならない？　こんな胡散臭いとこに赤の他人同士で住んでさ。テレビもソファも本棚もないリビングに、代わりにバカでかい水槽なんか置いてさあ。なんなの？　ひょっとしてあんたら、自分らが常識外れの異常者集団だって気づいてないわけ？」

「お黙りなさい。あなたにもマイマイの罰が下るわよ」

　お母さんが言った。その声がわずかに震えていることに私は気づいた。

「くっだらね」男の人は吐き捨てるように言った。

「杏、今すぐ部屋行って必要なもんだけ取ってこいよ。もうここにいる必要はねえ。二人で出て行こう」

「わかった」

杏ちゃんはうなずいて階段を上がっていった。少し遅れてお母さんが後を追った。

二階で杏ちゃんとお母さんが言い争いをしているのが聞こえた。私たちが聞き取れないほど押し殺した声で、罵《ののし》り合っているのだ。二人の声は徐々に大きくなってやがてもうほとんど怒鳴り声や叫び声みたいになって、許さないとか異常者とか、ときどき単語がわかるだけになった。二階から鈍い音がした。「えっ」という杏ちゃんの短い声が聞こえて、次の瞬間、二階から転がり落ちてきた。

「杏!」

男の人が駆け寄る。杏ちゃんは落ちたときの体勢のままうずくまっていた。少し経ってから、ゆったりした足取りでお母さんが階段を下りてくる。男の人がお母さんを突き飛ばした。

「何してんだよババアてめえそれでも杏の家族か!」

「家族じゃないわ。私は、マイマイを信じない人間に然《しか》るべき対応をしたまでです」

突き飛ばされた衝撃に顔をゆがめてお母さんは言った。男の人が拳を握りしめるのを見て、恵令奈ちゃんが私の服の袖を強く摑《つか》んだ。杏ちゃんが身動きをした。上半身を起こして、手で足首を押さえている。立てないみたいだった。

「大丈夫か」

男の人は急に優しい声になって杏ちゃんを抱き起こした。そのまま玄関へ向かって歩いていく。廊下にいたおばあちゃんに「どけ」と短く言った。おばあちゃんは男の人を少し睨んだ後、黙って身を引いた。私は服にしがみついたままの恵令奈ちゃんを連れて、二人の前に立ちはだかった。

いつか杏ちゃんがここを出て行くことになったら、そのときは私も方法を真似《まね》て教院を出て行こうと考えていた。何年も前からこのときをずっと待っていたのだ。でも、こんなのあんまりだと思った。いくら立場が似ていても、杏ちゃんと同じ手段を使えるほど私は外の世界になじめない。それに今ここで杏ちゃんを行かせてしまったら、あとでお母さんに叱られるのは私と恵令奈ちゃんだ。もうどこかに閉じ込められるのは嫌だった。あんな寂しい時間は嫌いだ。これ以上、自分がどうしようもなく一人であることを知りたくはなかった。

「どけよ」男の人が言った。

「杏ちゃん……行かないで」

恵令奈ちゃんが泣きながら杏ちゃんの脚に抱き着いた。杏ちゃんはどうすればいいのかわからないような顔で唇を震わせて黙っている。男の人は黙って恵令奈ちゃんの腕をはがした。それからまた私の方を向いた。

「どけよ」もう一度言われた。

私は手を伸ばして、男の人の肩にかかった杏ちゃんの腕を外そうとした。お母さんに階段から突き落とされて、杏ちゃんは足を怪我《けが》した。男の人の肩を借りなければ、外へは出られないだろうと思った。

「やめろ。どけっつってんだろ」

男の人が腕を振りかぶった。

ゴッ、と音がして衝撃が走ったのは一瞬で、直後に目の周りにじんわりと痛みが広がった。衝撃でよろけた私を押しのけて、杏ちゃんと男の人は教院の外へ出て行った。恵令奈ちゃんが私の服を引っ張りながら泣き叫ぶのを、私は玄関に座り込んで聞いた。


殴られた片目はみるみる腫《は》れて、次の日の朝、鏡を見ると紫色の内出血が広がっていた。ひどい顔だから学校を休みたかったけれど、教院にもいたくはなかった。仕方なく制服を着て、マフラーに顔を沈めて外に出た。

「どうしたの？　それ」

校舎の手前で声をかけられた。同じクラスでも話したことのない子だった。派手なピンク色の髪の隙間から、いくつもの銀色のピアスが見える。興味本位で訊いてきただけだと思ったのに、案外ちゃんと心配そうな表情をしていた。私は「別に」と言って顔をそむける。

「すっごい腫れてるじゃん。保健室行ったら？」

「そっか。まあ腫れが引いたらコンシーラーでも使って隠しなよ」

「いいの」

やがてピンク色の髪の子は友達に呼ばれて、私をちらっと見てから小さく手を振って離れていった。あの子と私の違いはなんだろうと思った。容姿。口数。交友関係。同じ学校の同じ教室にいるのに、何があの子と私の間にこれほどまでの差を作ったのだろう。羨ましい、と純粋に感じたのではなかった。ただ、あの子の方が恵まれていると、そう思わずにはいられなかっただけだ。

杏ちゃんにもらった二万円を、通学に使うリュックのポケットにお守りのように入れていた。杏ちゃんが教院を出て行っても片目が腫れても、お金の価値が変わることはないのだ。ときどきリュックの布地を触り、封筒の感触を確かめた。

放課後、一人で駅のそばにあるショッピングモールに入った。また帰る時間が遅くなってお母さんに怒られるなと思ったけれど、昨日私に振り下ろされたあの男の人の手の大きさや勢いに比べたら、少しも怖くないと思った。

ドラッグストアに入り、クラスメイトたちがこぞって集めている口紅や、底のえぐれたテスターのアイシャドウを見て回った。私の腫れた顔に他の客の視線が集まるのを感じた。誰とも目を合わせないように、私はなるべく人のいない商品棚の間を選んで進んだ。客のいない店の一角に来てようやく、自分の息が荒くなっていることに気がついた。

教院を出たときから、すれ違う人全員が怖くてたまらなかった。特に男の人を見れば、今にもこちらへ走ってきて殴られるような気がした。本当は今日だって、学校が終わったらまっすぐ自分の部屋へ帰りたかった。でも今日、人ごみを避けて部屋にこもってしまったら外へ出ることが怖くなって、もう一生出られなくなるような気がした。だから無理にでも外にいなければならないと思った。明日以降部屋から出ることが怖くなっても勇気を振り絞る鍵になるような、そんな何かを自分のために買いたいと思った。

あてもなくフロアを歩き回り、服屋に入って私は冬物のワンピースを手に取った。半額の値札が貼られていることに気づいて、また春が来るのだと思った。レースやフリルのついた可愛いワンピースだったけれど、自分が着ているところを想像すると買う気が失せてしまった。いつものことだ。服だけでなく、靴も帽子も化粧品もそうだった。私はこんなものを使ってはいけない、身に着けてはいけないと、染みついた教団の規則から反射的に感じてしまう自分が嫌だった。マイマイの教えを破れば、選択肢が広がるのが怖かったのだ。

教院に送られてくる「安全な食物」を食べて、好きなだけ与えられる「目印のブローチ」を付けて、お母さんに勧められた「幸福の子にふさわしい服」を着る。教団にいるのは楽だ。周りが何でも決めて何でもやってくれて、私はただ簡単な規則を守るだけで甘やかされた。

近づいてきた店員から逃げるように、私は服屋を出た。なんとなくエスカレーターに乗り込む。三階ほど上がると、広いフードコートに出た。漂っている香ばしい匂いを嗅いで、ふと自分が空腹なことに気づいた。

外で売られているものを食べては駄目だと、普段はお母さんに口うるさく言われている。けれど昨日のことがあった後で、少しの規則も破れないような自分でいるのは情けなかった。体の中が変にねじれるような後ろめたさを抱えて、私はファストフード店に近づいた。

ハンバーガーのセットを注文して、封筒から一万円札を一枚出して代金を払った。おつりをしまうと、店員からレシートと一緒にリモコンのようなものを渡された。お金を払ったら、すぐに商品を受け取れると思っていた。でも「ありがとうございました」と店員が私を追い払うようにお辞儀をしたから違うのだろう。どうすればいいのかわからずに、とりあえず店から少し離れた席に腰を下ろした。

フードコートの窓から夕日が差し込んでいた。柔らかいようでいて、直視すると目に刺さる燃えるような光だ。地上を見下ろすと、駅前の芝生《しばふ》で一組の親子が遊んでいた。母親がしゃぼん玉を飛ばした。二、三歳くらいの子どもが手を伸ばした。触れられたしゃぼん玉は弾けて、消える。はるか上のここからでも、泡の表面の虹色が見えたような気がした。

テーブルの上のリモコンが鳴った。音が出ることを知らなかった私は、驚いてそれを見つめた。リモコンは音を発しながら振動し、テーブルの上をじりじりと這うように動いている。中央に一つだけあったボタンを押すと止まったから、私は息をついて椅子に座り直した。

沈んでいく夕日をしばらく眺めていた。しゃぼん玉の親子はいつの間にかいなくなっていた。数分後にまたリモコンが鳴って、私はボタンを押して音を止めた。

「すみません、お客様」

後ろから声がした。振り返ると、白髪をひっつめにした店員が立っていた。手にしたトレイに、私が注文したハンバーガーのセットをのせている。

「ありがとうございます」私はトレイを受け取った。

「ご自身で取りに来ていただかないと困ります」

「はい？　すみません」

どういう意味なのかよくわからないまま私が謝ると、店員は疲れたような溜め息をついてから店に戻っていった。レジに立つ直前、何かを思い出したように早足で引き返してきた。

「失礼しました。ブザーを」

そう言って、手を差し出してくる。私が戸惑っていると、店員はもう一度溜め息をついてテーブルの上のリモコンを手に取り、店に戻っていった。

ハンバーガーを初めて食べた。教院では魚以外の肉は出ない。薄味に慣れているからか、ハンバーガーを口いっぱいに頬張ると一瞬喉が詰まった。湿気《しけ》たパンが頬の内側にまとわりついた。

食べ終えてから、封筒に残ったお金を数えてまた窓の外を眺めた。景色に飽きてテーブルを見ると、フライドポテトが入っていた紙の容器に油のしみが浮いているのに気づいた。

「あの」

声をかけられて顔を上げると、さっきと同じ店員が目の前に立っていた。

「お食事はお済みでしょうか」

「あ、はい」

食べ終わったら出て行け、という意味だろうか。でもフードコートの席は、まだ半分も埋まっていなかった。

「お手数ですが、ご自身でトレイをお戻し願えますか」

「……はい」

戻すって、どこにだろうか。私は呆然とトレイを見下ろした。店の方から「店長！」と声がした。

「電話です。バイト希望の人」若い店員が店のカウンターから身を乗り出して言っていた。

「今行きます。お客様、お戻しお願いしますね」店長と呼ばれた店員はそう言って店に戻っていく。

戻す場所がわからない私は、まだ椅子に座ったままでいた。店から誰かが出てきて、こちらへ歩いてきた。さっきの若い店員だった。

「すみません。うちの店長、ちょっと変わってるでしょう。こんなさびれたところ、何時間でもいてもらっていいんですよ」

彼は微笑《ほほえ》んで言った。私と同じ歳《とし》くらいだった。

「あの、これを戻す場所がわからなくて」

私は少しおびえながら尋ねた。怖がる必要はないとわかっていたけれど、男の人というだけでどうしてもまだ身構えてしまう自分がいた。

「そういうこと……。こっちです。俺が戻してもいいんだけど、顧客獲得のために教えるから来て」

彼は私のトレイを持ち、フードコートの反対側へと歩き始めた。私は黙って立ち上がり、彼についていった。

エプロンの後ろポケットに、一冊の分厚い本がねじ込まれているのが見えた。漫画雑誌だ。彼がゴミを捨てたりトレイを戻したりすると、雑誌は体の動きに合わせて軽く揺れていた。

「それ、どうしたんですか？」

片づけを終えると、彼は振り返って自分の片目を指で示して言った。

「……何も」

「転んだんですか?」

「……まあ、はい」

「ずいぶん変な転び方をしたんですね」

彼は私を気遣うような顔をした。少し考え、思いついたようにポケットの雑誌を引き抜く。

「ジャンプ読んでますか? 今週すごいですよ。金未来杯の結果出たし、久々に連載再開したのもあるし……。俺は休憩中に読み終わったんで、よければ」そう言って私に差し出した。

彼が戻っていった後、私は店から離れた席に座って漫画雑誌を読んだ。今までに見たことのある漫画といえば学校の教科書のおまけばかりで、長い物語を読んだことはない。掲載されているのは連載中のものばかりらしく、内容がわからないまま最後のページにたどり着いてしまうことも多かった。それでも、初めて触れたものに対する物珍しさと嬉しさで、私は新しいページをめくるたびに我を忘れて見入った。

「まだいたの? 確かに、何時間でもいていいって言ったけどさぁ」

頭上から笑い声が降ってきて、顔を上げると漫画雑誌をくれた彼が立っていた。店の制服ではなくダッフルコートを着て、首に白いマフラーを巻いていた。

「もう閉店ですよ」

彼の言葉に驚いてあたりを見回すと、フードコートの客は私だけになっていた。

「家どこですか？　遅いし送ります。俺、バイクだから」

「大丈夫です」私は首を振った。

「昨日、このあたりで不審者が出たっていうけどなあ」彼はニヤッと笑った。

「送らせてください。女子高生の死体発見、なんてニュースで知った顔を見るのは嫌だから」

「これも顧客獲得のためですか？」

「うーん……まあ、そうですね」

彼は私の先に立って歩き始めた。私が椅子から立ち上がると、見計らったかのようにフードコートの電気が消えた。振り返っても誰もいなかった。

「高二？　ですか」歩きながら、彼は私に訊いた。

「もしそうだったら同じなんだけど」

「高三です」

「あれえ、年上か」彼は意外そうな顔をした。

二人でエレベーターに乗り込んだ。私の後から乗った彼が一階のボタンを押した。ゆっくりと箱が降下し始める。側面がガラス張りになっているから景色が見えた。そう遠くないところにあるマンションの灯りが、降下するにつれ流れるように持ち上がっていった。

私はエレベーターの隅に体を寄せた。広いフロアにいるときは平気だったけれど、狭いところで男の人と二人きりになった途端、どうしようもなく怖くなった。この人は昨日の人じゃない。頭ではそうわかっていても額に冷や汗が浮かんで、鼓動が速くなるのを止められなかった。

「ずいぶん怖がるんですね」

彼が笑った。私を見ずに外の景色に目を向けていた。

「……ごめんなさい」

「いや、全然。でも俺、あんまり怖くないと思うんだけどなあ」

「……高校生なのに、働いてるんですか？」

私は話をそらした。わざとらしいと思ったのか、彼は面白がるような顔をした。

「ただのバイトです。俺んとこ、校則緩《ゆる》いんでやりたい放題。部活の顧問には隠してるけど」

「部活？」

「吹奏楽です。俺はトランペット。どうしても強豪校《きょうごう》に通いたかったから、栃木の実家を出てじいちゃんの下宿に住んでます。孫特権で家賃はナシ」

「トランペット……」実際に見たことも、触れたこともない。

エレベーターのドアが開いて、彼がどうぞと私を先に促した。空気が凍りつくような外へ出て、二人で駐輪場へ向かった。私は出入り口で立ち止まり、彼がバイクを出すのを見ていた。

「俺の自慢の二輪」彼がバイクの黒い車体を撫でて言った。

「このメット、友達を乗せるときに使ってるんで。汗臭かったらすみません」

受け取ったヘルメットは大きくて重かった。被り方がわからなくて手伝ってもらった。ようやく後ろにまたがったのはいいけれど、今度はどこに摑まったらいいのかわからない。黙っていたら前から「腹」と声がした。

バイクが走り出すと、信じられないくらい風が冷たかった。顔はヘルメットで守られているからいいけれど、脚の感触がみるみるうちになくなっていく。風でスカートがめくれたけれど、バイクから落ちることの方が怖かったから彼から手を放せなかった。ヘルメットとヘルメットがぶつかり合ってガツッガツンと鳴った。衝撃で軽いめまいがした。

「次で曲がる?」

「はい、右に」

交差点に来るたび風に負けないよう大きな声で言い合って、教院がある通りの手前まで送ってもらった。私は適当な家を指さして「あそこです」と嘘をついた。バイクを降り、頭を下げる。

「ありがとうございました」

「いえいえ。フードコートは正しく楽しく使いましょうね」

彼はエンジンを鳴らして夜道を走り去っていった。私は駆け足で教院までの道を進んだ。

「おかえり、四葉様」

ドアの前にお母さんがいて驚いた。腕時計を見ると、私が普段学校から帰る時刻をもう三時間も過ぎている。ずっとここで私を待っていたのだろうか。

「どうして帰りが遅くなったの？」

「本屋で参考書を選んでたの。ごめんなさい」

何を言われるだろう。何をされるだろう。私は怖くなってうつむいた。また部屋に閉じ込められるかもしれない。水槽から出してもらえなくなるかもしれない。

「……次は気をつけてね」

抑揚のない静かな声で言われた。顔を上げると、お母さんはそれ以上何も言わずにドアを開けて教院に入っていくところだった。そのまま靴を脱ぎ、二階へ上がっていく。杏ちゃんのことで頭がいっぱいなのかもしれないと思って、私はなんだかやるせなくなった。お母さんのことなんかどうでもいいと思っているはずなのに、私が悪いことをしているような気分になってしまった。

部屋に入って、彼にもらった漫画雑誌をもう一度開いた。すでに知ってしまった内容の話を、自分のものにするように時間をかけて読んでいった。片目の腫れは引かず、周りの人は怖いままだけれど、きっと明日も外へ出られるだろう。漫画雑誌を胸の上に置いて眠りについた。


放課後、電車に乗っていると突然「ねえ」と声をかけられた。

「学校の帰りですか?」

振り返ると、この間の店員の彼が立っていた。

「そうです」すぐに答えてから、私も何か言わなければと思った。「あなたは……」

「俺は下宿に荷物置いてバイク取りに行って、これからバイトです」

彼は高校の制服らしい紺のブレザーを着ていた。ズボンが少し短く、平べったいローファーから伸びる足首と黒い靴下がむき出しになっていた。片手に大きな荷物を持っている。

私の視線に気づいたのか、それを軽く持ち上げた。

「これ、俺のトランペットです」

「重そうですね」

「そんなに」彼は首を振った。「あなたのリュックの方が重いと思います」

「予備校があるので」私は読んでいた予備校の参考書を見せた。

「大学行くんだ?　何時からですか?」

「五時五〇分から。九時半までです」

「長い。俺のバイトは八時半まで」

知っている人だからか、この前より怖がらずに話せるのが嬉しかった。電車が予備校のある駅に着いた。私がホームに降りると、彼が閉まったドアの向こうから手を振っていた。

予備校の教室に入ってからも、彼が振った手の残像が目の前にちらついていた。電車での私の言葉はおかしくなかっただろうかと考えていた。

　今年の春に高校三年生になって、お母さんが予備校のパンフレットを持ち帰ってきたときは驚いた。高校に行くことすらあまりよく思われていないことは知っていたから、予備校のことなど話題にすら出ないだろうと思っていた。けれど、お母さんはパンフレットを私に渡しながら「幸福の子はいい大学に行って、私たちとマイマイ様のために賢い信者になるべきなのよ」と言った。普段は世の中にある何もかもを忌《い》み嫌うような生活をしているくせに、こういうときにだけ普通の人と同じことを言うのが不思議だ。教団に入る前のお母さんの生活や考えが垣間見えたような気がして、またやりきれない気持ちになった。何にどうやってほだされてしまったのか、私は大人しくうなずくしかなかった。

　授業後、外に出るとエンジンの唸《うな》る低い音がした。バイクに乗った彼が私を見ていた。

「近いし、暇だったので来ちゃいました。この前みたいに家まで乗せようと思ったけど、今の季節じゃバイクは寒いですよね。余計なお世話でした。帰ります」

「送ってくれるんですか？」自分でもびっくりするほど食い気味に訊いていた。

「嫌じゃなければ」案の定、彼は戸惑った顔をした。

「お願いします」私は恥ずかしさを押し殺して言った。

私はまた彼のバイクの後ろに乗せてもらった。彼のヘルメットには白いマジックで「NAOYOSHI」と書かれていた。

「なおよしくん？」

「はい。生まれたときから呼び名は直《なお》くん」

バイクが走り始めると強い風が吹いていて、それに負けないように彼は叫ぶように言った。

その声の大きさで、たった数日前のことをなぜか懐かしく感じた。前回と同じ場所まで送ってもらい、私はバイクを降りた。

「ありがとうございました」

「はい。あ、そうだこれ」

彼はメッセンジャーバッグから漫画雑誌を取り出し、私に差し出した。

「今週のジャンプです」

私が直義《なおよし》くんと呼ぶと、彼は直くんの方が慣れているからいいと言った。

毎週、私の予備校がある日に、直くんは私を教院の近くまでバイクで送ってくれるようになった。後ろに乗せてもらう回数が重なるにつれて空気はどんどん冷たくなって、同じ時間帯なのにあたりも闇が深くなっていくみたいだった。直くんのお腹に手を回しているとき、私はいつも暗い道の先を照らすバイクの放射状の灯りを見つめていた。背負ったリュックに入った参考書やノートが車体の振動で傾くのを感じながら、ダッフルコートの前で組む自分の指の力が強くなっているような気がした。

予備校から降ろしてもらう通りまでの道には信号機がいくつかあった。その信号が赤になってバイクを停止させたときだけ、私と直くんはヘルメット越しに会話をした。「大丈夫？」や「寒くない？」の短いやりとりが嬉しくて、私は信号機が近づいてくるたびに赤になれと心の中で祈った。

「今日は風が強いねえ」

ある日私がバイクに乗る前にそう言うと、直くんは首に巻いていた白いマフラーを貸してくれた。「ヨッちゃん、指が赤い」と私の指先を見て笑った。

二度目に送ってもらったとき、私は直くんに自分の四葉という名前が好きではないのだと言った。幸福の子に由来しているからだ。名前は教団のことを思い出すきっかけとして、どんなときでも私にまとわりついていた。直くんには理由は教えずに「何となく嫌いなの」とだけ説明した。そうしたら「じゃあヨッちゃんにするよ」と言われた。そんな風に呼ばれたのは生まれて初めてだった。

「手袋は？　した方がいいよ」

「持ってないから」

「給料日が来たら俺が買ってあげる。ついでにどっか出かけようよ」

「どこに？」

　どうせ行けないだろうなと思いながら私は訊いた。休日に外出なんて、お母さんが許してくれるはずがない。教団の外の人と一緒なら尚更だ。

「朝から箱根湯本《はこねゆもと》なんてどうかな」直くんが言った。

「……いいね。何時くらいから？」

　聞いたことはあるけれど、行ったことはない。ここからそう遠くない場所にあるはずなのに、自分の声でつぶやいてみると実在しない地名のように聞こえた。

「一〇時ごろになると混んでくるだろうし、かなり早いけど朝五時ごろに出たらちょうどいいかも」直くんはバイクを右折させながら言った。

「ヨッちゃん、早く帰ってこられた方がいいの？」

「うん。九時くらいには」

「そっか。まあ大丈夫だと思うよ」

「本当に？」

　休日のお母さんは朝早くに起きるとしばらく部屋でお祈りをしているから、午前一〇時ごろまではリビングに下りてこない。九時に戻ってこられるなら、こっそり行っても見つからずに済むかもしれない。直くんと予定が空いている日を確認し合ってから教院に帰った。

「おかえりなさい。お湯の支度ができているから、部屋に荷物を置いてらっしゃい」

リビングから顔を出したお母さんが言った。私は自分の部屋で荷物を置き、一階に下りて下着を取り水槽に入った。お母さんが二階に向かって呼びかけると、おばあちゃんと恵令奈ちゃんが階段を下りてきた。

杏ちゃんがいなくなったから、水槽の中で私に触れる手の数は以前より二つ少ない。他の誰よりも体温が高くて、力がこもっていた杏ちゃんの手。いなくなってしまって悲しいとか恋しいとかは思わない。けれどちっとも寂しくないと言ってしまえば、それはそれで嘘になるような気がした。自分がよくわからなかった。私は、ただ一つはっきりしていること、手が二つ足りないという事実を、目を瞑って感じるだけにしようとした。

「偉大なる我らの神マイマイよ、我らの幸福の子を清めたまえ」

「その無垢な体にはびこる悪から救いたまえ」

「幸福の子を目印に我らに光をもたらしたまえ」

「その運命の日に我らのみを光へ導きたまえ。そして無知の民を世の奈落へ導きたまえ」

「……あれ、四葉様、爪きれい」

お祈りの合間に恵令奈ちゃんが言った。湯の中から私の片手を引き上げ、爪を見つめている。お母さんとおばあちゃんが横から覗き込んだ。

「何？　これ。四葉様、何か塗ったの？」

お母さんに訊かれ、私は正直にうなずく。嘘をつけばすぐにばれるとわかっていた。昨日の学校の帰りにドラッグストアでマニキュアを買い、お清めのあと自分で手の爪に塗ったのだ。ピンク色がかった透明のマニキュアは、乾くと私の爪の上で桜貝のように光った。

お母さんが恵令奈ちゃんから私の手を払った。力を入れていなかったから、小さな音を立てて水槽の中に落ちた。お母さんは恵令奈ちゃんの手に新しいボディーソープを垂らした。

「マイマイ様が幸福の子を見つけるのを邪魔してしまうから、こんなもの付けるのはよくないわ。明日、除光液を買ってきてあげる」

私は何も言わずに、水槽に深く身を沈めた。何も聞きたくなかった。お母さんが溜め息をついて、湯の中で私の髪を強く引っ張るのがわかった。


朝四時に起きて支度をして、教院から少し離れたところで直くんを待った。ブルルルル、とバイクが近づいてくる音に胸が高鳴る。

「お待たせ」直くんがバイクの上でヘルメットを取った。私がバイクに駆け寄ると、上半身だけをこちらに向けて白いマフラーを巻いてくれる。

「寒くない？　大丈夫？」

「大丈夫。ありがとう」

「よし」

　直くんがハンドルを握り、バイクのエンジンをふかす。少し走ると私の知らない道に出た。まだ車が一台もない線路沿いの道路を進んだ。畑が周りに広がる田舎のような風景だ。線路の脇に、ときどき大きな看板が立てられていた。歯医者の広告、予備校の広告、脱毛の広告、弁護士の広告。その中に一つだけ、英語で書かれているものを見つけた。Ｆａｉｔｈ　ｓａｖｅｓ　ｙｏｕ――信仰があなたを救う、と書かれている。運命共有教のものだった。文字の隣には、小さな子どもの引き伸ばされた写真が載っていた。右目に小さな泣きぼくろがある子だ。もう何年も前の自分だとわかって、私はその看板が見えないように顔を反対側に向けた。目を瞑り、バイクがタイヤを回転させて進んでいくのを感じる。しばらく経ってから振り向くと、看板はもう見えなくなっていた。

「高速で二人乗りは二〇歳《はたち》からなんだよね。一般道だからちょっと時間がかかるかも」

　直くんはそう言っていたけれど、道が空いていたからか一時間半ほどで箱根湯本に着いた。駅のそばにある駐輪場にバイクをとめた。

　朝六時からやってる温泉があるんだと言って、直くんは先に立って歩き始めた。古めかしい木造の建物や遠くに連なる山々、立ち昇る湯気、かすかな硫黄《いおう》の臭い。すべてが私にとっては新鮮だった。川底の段差を水が滝のように流れているところがあって「あれは人が作ったの？」と直くんに尋ねようとして、やめた。馬鹿だと思われるのが嫌だった。代わりに少し足を速めて、隣に並んで歩いた。六時から営業している温泉の入り口をくぐった。お金を払い、男湯女湯と別々に書かれている暖簾《のれん》の前で分かれた。

女湯には誰もいなかった。脱衣所の使い方がわからず、壁に貼られた外国人向けの「おんせんのルール《るーる》」を読んだ。ロッカー《ろっかー》は、ひとりひとつずつつかいましょう。ふくをぬいだら、ロッカー《ろっかー》にかぎをかけて、ひもをてくびにつけましょう。

一番奥のロッカーを選び、服を脱いでカゴに入れた。むき出しになった腕に、寒さで細かな鳥肌が立っていた。

大浴場に足を踏み入れ、かけ湯をしてそうっと湯につま先をつけた。少しずつ体を沈めると自然と吐息が漏れた。

教院にある水槽の中だと黄色くくすんで見える私の体は、大浴場の黒い浴槽の中だと驚くほど白く発光して見える。ガラス張りの窓から朝日がふりそそいで、床を細々と照らし出していた。あまりに透明で泣きたくなってしまった。

幸福というのはきっと、本来はこういう気持ちのことを指すのだ。皮膚から伝わる温度や目に映る光に関係なく、心がこんなにあたたかいと思った瞬間を私は他に知らない。これが本当の幸福なのだ。ようやく見つけて摑みかけたこの端っこを、決して手放してはならないと思った。このままでいられるだろうか。不安と期待で涙がにじんだ。

湯から上がり、ガラス張りのドアから露天風呂に出た。今度はさっきよりも時間をかけずに肩までつかった。きいんと冷えた空気に首から上を刺されて、しばらく冬の朝の箱根の景色を眺めていた。

いつまでもいられそうな気がしたけれど、顔に当たる空気の冷たさが気になって大浴場へ戻った。シャワーヘッドの銀色の表面に、ゆがんだ顔の私が映っていた。片手でもう片方の手にボディーソープを垂らした。生まれて初めて、私は自分で自分の体を洗った。同じ人間の肌なのに、どうしてお腹より手の方が冷たいのだろうと肌を撫でながら思う。何度も腕や脚の皮膚に指を滑らせていると、だんだん自分の体が綺麗なもののように思えてくるから不思議だった。自分のことを自分で守りたいと漠然《ばくぜん》と考えていたけれど、どうして守らなければならないのか、ようやくわかった気がした。虹の浮かぶボディーソープの泡を皮膚に乗せてじっと見つめた。自分がいつもどんな体を使って呼吸をして歩いて話して生きているのか、ようやく覚えられた気分だ。

体を拭いて服を着て、すぐ情けない表情に戻ろうとする顔をどうにか普段通りに保つ。暖簾をくぐって女湯から出ると、男湯のそばのベンチに直くんが座っていた。ぼんやりと宙を見つめている。さっきまでの情けない表情が嘘のように、自分の顔がほころぶのを感じた。

私が駆け寄ると、直くんは顔を上げ、「専用だった?」と訊いた。男湯も一人だけだったらしい。外に出て、二人で大通りを歩いた。

「今日はごめんなさい」突然、直くんが私の方を向いて言った。

「ヨッちゃんは受験生なのに、こんなとこまで連れ出しちゃって」

「全然。すごく楽しい。どうして進学するのかもずっとわからないままだし、時期なんて関係ないよ」私は首を振って答えた。

一番大きなお土産屋《みやげや》さんで、直くんは私に手袋を買ってくれた。箱根とは何の関係もない無地の手袋だった。「こっちの方が長く使えるでしょ」と直くんは言った。その気遣いが嬉しかった。

朝早くから営業している定食屋に入って、朝ご飯に銀鮭《ぎんざけ》の定食を食べた。付け合わせの真っ黄色な漬物に驚く私を見て、直くんはおかしそうに笑った。

定食屋を出た後はゆっくり歩いて大通りを引き返し、駅のそばの駐輪場に入った。直くんがバイクを出した。買ってもらった手袋をして、私はヘルメットを被る。直くんが振り向く。「いいのに」と私が言った直後に白いマフラーを巻かれた。

バイクが走り出すと、箱根湯本の街並みはあっという間に後ろへ流れていった。ずいぶん遠ざかってから一瞬だけ後ろを振り返ると、湯気が街全体を覆っているのが見えた。

いつも予備校の帰りに降ろしてもらう住宅街に、バイクをとめてもらった。私はマフラーを直くんに返し、バイクを降りた。

「ありがとう。楽しかった」

「うん……ヨッちゃん」

「何？」

「手袋、使ってね」

「もちろん」

私がうなずくと、直くんは満足そうに笑って「じゃあ」とヘルメットを被り直した。

駆け足で教院へ向かった。玄関のドアを開け、時計を見ると午前一〇時を少し過ぎたところだった。まだ誰も起きていない。私は足音を殺して二階に上がり、自分の部屋に手袋と上着を置いてまた一階に下りた。

いつになく体が軽かった。リビングで、お清めに使う巨大な水槽を撫でた。いつもなら絶対にこんなことはしない。しゃがみこみ、透明なガラスに手のひらを当てた。窓からの朝日で私の顔が映った。幸せそうな微笑みが、自分ではない他の誰かのもののような気がした。

日曜日、お母さんの自転車を借りて駅へ向かった。私は自転車に乗れないけれど、足で地面を蹴って進むくらいのことはできる。いつか突然乗れるようになっているのではないか、なんて期待をしてときどき借りる。駅からは電車に乗って、予備校の自習室へ行こうと考えていた。

　角を曲がると、知っている人の姿が見えた。直くんだった。今日はバイクには乗っていない。白いマフラーに顔をうずめて住宅街を歩いている。私は声をかけるために地面を蹴る速度を上げようとして、ふとブレーキを握りしめた。直くんは、私が最初に「あれが私の家」と嘘をついた場所で立ち止まった。私が自転車ごと別の家の陰に隠れて見ていると、直くんは迷いなく腕を伸ばし、インターホンを押した。

「はい」女の人の声がした。

「あの、四葉さんいらっしゃいますか。僕、友達の蒔田《まきた》です」

「……四葉さん？」

「はい。こちらがおうちだと以前聞いていたので」

「はあ、よくわかりませんけど」

　インターホンを切られた後、直くんはしばらくその家の前で立ち尽くしていた。私は自転車の向きを変え、見つかる前に距離を取ろうとした。タイヤと地面のコンクリートがこすれて、小さな音を立てた。

「あ！　ヨッちゃん！」

後ろで直くんが声を上げたのがわかった。もう終わりだ。けれど今日の直くんはバイクではなく徒歩だったことを思い出して、次の瞬間、私は自転車を乗り捨てて逃げていた。

「ヨッちゃん！　ヨッちゃん！」

追いかけてくる足音がしたから私は全力で走った。一度も振り返らずにいると、声がだんだん遠ざかるのがわかった。足が遅い私にはすぐ追いつけるはずなのに、諦《あきら》めたのだろうか。私は駅に着いてホームに下り、予備校の駅に向かう電車に乗った。

張り詰めた心が、一瞬でも緩んだらどうにかなってしまいそうだった。どんよりした雲に覆われた街を、過剰なくらい一心に見つめて電車に揺られた。今の状況と関係のないことを考え続けなければ、立っていることさえできなくなる気がした。そんなことしても意味がないのに、工場の煙突から立ち昇る煙と雲の境目を、躍起《やっき》になって見つけ出そうとしていた。

予備校の最寄り駅に着き、私は電車からホームに降り立った。改札を出ると正面から強い風が吹いてきて、うつむくと髪が額に張り付いた。

直くんに、嘘をついたことがばれてしまった。

体の芯まで凍ってしまったような気分だった。目のふちだけが燃えるように熱くて、その熱を追いかけるように歩き始めると、自然と前のめりになった。もらった手袋がリュックに入っているのに、取り出すと悲しくなるから冷たい手をポケットに入れて歩いた。お母さんに抵抗して、爪にはマニキュアを塗ったままだ。つるつるした表面を触って、もう駄目だな、とつぶやきたくなる。白い息が細々と流れた。今日だって直くんに遭遇するまでは、帰りにリップクリームかアイシャドウを買ってみようかと考えていたのに。

予備校の入り口がいつもより暗いことに気づいて、なんだか嫌な予感がした。教院を出るとき、カレンダーで今日が開校日かどうか確かめるのを忘れていた。

祈るような気持ちで校舎に入ったけれど、受付にはシャッターが下りていた。階段の横のホワイトボードに「高一・高二模試につき自習室閉鎖」の文字がある。校舎の二階より上には明かりがついていて、人がいるみたいだった。ストップウォッチの鳴る音が聞こえた。

受付の前にある背の低いベンチに座って、私は身を縮めた。教院に引き返したら、直くんと鉢合わせしてしまう気がした。けれど、こうしてこのまま座っているわけにはいかないということも充分わかっていた。

座ればお尻が膝より下になるような背の低いベンチは、多少の力では私を立ち上がらせてくれない。透明なガラスでできた予備校のドアから、通りを歩く人の姿が見えた。自転車に乗った小学生が校舎の前を横切った。どうして小学生の男の子って、あんなに自転車をくねくね走らせるんだろう。自分は乗れないくせにそんなことを考えて、少しでも気持ちを紛らわそうとしていた。

半開きになったドアから風が吹きこんで、私は脚を震わせた。どこからかバイクが近づいてくる音がした。あ、と思って私はもともと縮めていた体をさらに小さく丸めた。

「ヨッちゃん！」直くんが予備校の前にバイクをとめ、ドアを開けて入ってきた。

「どうしたの？　なんでシャッターが閉まってるの？」

「今日、一年と二年の模試だった。自習室はやってないみたい」

「そっか……」直くんは迷うそぶりを見せたあと、私から距離をとって同じベンチに座った。

「さっき、ヨッちゃんの家へ行った」

「うん。見てた」

「そしたら、出た人はここに四葉さんなんて住んでないって言った」

「うん」

「嘘ついたの？　本当の家はどこ？　……あ、言いたくないなら、いいよ」

直くんの優しさに甘えて、答えを拒否することもできたのかもしれない。でも、いつまでもそうやって自分を隠し通せるはずもなかった。今日まで私にたくさんの楽しい思い出や優しい言葉をくれた直くんに、嘘や言い訳を口にするのはあまりにも恩知らずな気がした。

教院に住んでいると話すと、自分の声がかすかに震えていることに気づいた。情けない、と思った。この人に話すことを怖がる自分が情けない。信じられていないみたいで悲しい。

「そこ知ってる。怪しい宗教団体の施設でしょ」

直くんはそう言ってすぐに「怪しいなんて言ってごめん」とあわてて付け足した。

「いいの。怪しいのは事実だから」

「ヨッちゃんが言っていいのかな、それ」直くんは乾いた声で笑った。私は笑えなかった。

しばらくの間うつむいて、自分の爪に塗られたマニキュアを黙ってはがしていた。砕けた桜貝みたいな、細かいピンク色のかけらがいくつも落ちた。はがれたマニキュアの下から現れた爪は、私が思っていたよりもずっとくすんだ汚い色をしていた。

「なんで嘘ついたか、話すね」

「うん」直くんは心配そうな目をしてうなずいた。

ぽつり、ぽつりと私は運命共有教のことを話し始めた。両親が信者だったこと。生まれた日に世界中で地震が起こったこと、幸福の子と崇められていること、家族ではない人と暮らしていること、簡単に縁を切れるものではないということ。毎日のお清めに、祈りの言葉、たくさんの教えと、その教えを破ったときの罰。杏ちゃんが壊れてしまったことや、教院を出て私たちを壊していったこと。誰にも話してはならないと言われていたそれらのことを、私はずっと誰かに聞いてほしかったのかもしれなかった。一人で抱えているには、それらはあまりにも重たい。でも、話す相手は誰だってよかったわけじゃないのだ。

初めて会ったときに渡してくれた雑誌の重みや、貸してくれたマフラーの温もり。私のためにとまるバイクの音や、選んでくれた手袋の色、笑った声の楽しげな響き。一つ一つはとても小さなそれらを、私は直くんと会うたびに心の内側に積み重ねていった。今ではそれが寄りかかれるくらいの高さになったから、今度は私が、私の中身を直くんの心の内側に積み上げたいと思ったのだ。

「嫌だな……全部」

話し終えてから、私はつぶやいた。

嫌われたかもしれない、と思った。それほどの重みがあることを、私は直くんに話した。けれど、もし今日ですべてが終わりだとしても、私はそう簡単にこの人のことを忘れられないだろうと思った。直くんにとっては、私と過ごした時間なんて何の思い入れもないたった一瞬の出来事かもしれないのに。一緒に過ごしている間、普段の何千倍も色々なことを考えて、でもそれを口にできないのは私だけだろうかと思った。生まれた場所や生活が周囲と違うように、人に対する思いまで私は異常なのだろうか。

気温が低くなったのか、ドアから吹き込む風はさっきよりも確実に冷たくなっていた。私はまた体を震わせた。今度の震えは止まらなかった。寒さだけが原因ではないのかもしれない。今、人ひとり分離れた場所に座るこの人に嫌われてしまうことが、私には何よりも怖い。

ふいに直くんが腰を浮かせて、震える私にぴったりと体をくっつけた。あたためようとしてくれているのだろうか。前を向いているから、表情はわからなかった。私の方に傾けられた体に押されて、私も斜めになった。今日の直くんはダウンジャケットを着ていた。つるつるした表面が頬に当たった。冷たい、と私が言うと、直くんは前かがみになってこちらに顔を向けた。私をまっすぐに見る。茶色い目をした顔がすぐそこに迫っていた。これほど綺麗でまぶしくて愛しくて手に入れたいと思ったものを、私は他に見たことがなかった。

本能というものは自分の中にもあるのだと、そのとき初めて知った。果てしない寒さとあふれそうな不安で私は今にも死んでしまいそうだった。泣きそうで叫びそうで、それでもあらがえない引力のようなものに惹《ひ》かれた。にじんだ視界をまばたきせずに見開いたまま、私は直くんの口の端に、自分の唇を触れさせた。

さっきと同じようにしばらく黙っていた。直くんが小さく何かを言った。「何?」その声に渇いた喉を震わせて訊き返しながら、私は箱根湯本で見た、白くて透明な光を思い出していた。

逃げよう、と直くんは言った。俺のいる下宿に来ればいいよ、と。

私はこのまま大学に入っても、二〇歳のときに次のシャッフルが起こる。きっと今度もまた、どこか遠いところへ飛ばされるのだろう。卒業できないと決まっているのなら、進学する意味もない。心を落ち着けて考えるほど、私にはその提案が魅力的に思えてくるのだった。

前の人――杏ちゃんのようになりたくないのなら、黙って抜け出せばいいと言われた。バイクもあるし、きっと誰にも追いつかれないよ、と。教団の信者が警察や政府などの国家機関を信用していないことは、事前に直くんに話していた。

「見つかったら、そのとき考えればいいよ。今が一番大切でしょう」

直くんは私の手を取って言った。その手のあたたかさを信じたいと思った。

お母さんたちに気づかれないように、夜に静かに抜け出すだけだ。やろうと思えば一人でもできてしまうこと。けれど力を貸してくれる人が現れたからこそ、私は迷っていた最後の段差を飛び越えられるのだと思った。

教院から脱出する日、高校の帰りに寄り道をした。中学生のころの通学路だ。一軒しかないコンビニの前を通り、細い小道へ入った。

表札に書かれた白井という文字は、もうほとんど消えていて読めなかった。留め金の壊れた門を開け、私は庭に入った。

今でも夕方になると思い出す。中学生のとき、私は加子のタブレットを壊して捨てた。その翌日から、私はたった一人の友達を失ったのだった。

加子は確実に、やったのは私だということを理解していた。けれど私を問い詰めたり、泣いて責めたりはしなかった。ただ、黙って、毎日じっと私のことを見つめていた。授業中も、休み時間も、放課後も、帰り道も、その視線は私の背中に張り付いて離れなかった。中学を卒業後、加子は県外へ引っ越していった。行き先を知る人は誰もいなかった。噂《うわさ》好きのクラスメイトが「夜逃げだよ」と嬉しそうに話していた。

時間が経つにつれて、自分がしたことの残酷さを理解した。私がもし加子に同じことをされたらと思うと、耐えられる気がしなかった。でも同時に、過去の自分の行動を直視することがあまりにつらくて、私は加子のことを必死に忘れようとしていた。

教院を逃げ出せば、もうこのあたりに来ることはない。そう思って私は今日、かつて加子が住んでいた場所に足を向けたのだった。自分の影を見ながら庭にしゃがみ込んだ。これが加子と私の現実に目を向ける最後のときだという気がした。

ごめんね、とは言えない。あのとき、私は狭い世界に一人きりになることが怖かった。行動を起こさなければ、自分を見失ってしまいそうだった。過去の自分が犯した罪の重さがわかっても、まだ私は自分を悪い人間だと思いたくない。あの出来事が加子の人生に影を落としませんようにと、ただ願うばかりだった。私にはひどく汚れた部分があるのかもしれない。

生い茂る雑草を二、三本ちぎって立ち上がった。鳥の群れが一列になって夕日の中を飛んでいった。

教院に戻り、日が暮れるまで自分の部屋で過ごした。これまでに何人の子が使ったかわからない机にも、真っ白なシーツのベッドにも、木のささくれが目立つ本棚にも、もう何も思うことはなかった。

夜になり、お母さんもおばあちゃんも恵令奈ちゃんも寝静まってから、足音を忍ばせて一階に下りた。学校や予備校の教科書や参考書は持たない。服も靴も本も置いていく。コートのポケットに、杏ちゃんにもらったお金の残りだけが入っている。

玄関で振り返ると、からっぽの水槽がリビングの中央に見えた。毎日磨かれ、湯を張り替えられているけれど、私が生まれてから一八年も使われ、曇って汚れて見えた。もう二度とあそこへは入らない。そう思って背を向けた。

二階から階段を下りてくる小さな足音がした。

「……四葉様、寝ないの？」眠そうに片目をこすりながら、恵令奈ちゃんが私を見ていた。

「学校に忘れ物したの。だからちょっと行ってくるね」

「今から？」

「うん。すぐに戻るよ」

私は玄関で靴を履いた。ついてきた恵令奈ちゃんが私の服の袖を摑んだ。私はその小さな指を一本一本ほどいて袖から外した。

「恵令奈ちゃん、まだ夜だから寝ていようね」

「四葉様は本当に学校へ行くの？」

「うん。元気でね」

　笑って手を振りながら、また自分のために何も悪くない人を傷つけてしまうと思った。でも、迷ってはいられない。せめて恵令奈ちゃんにも手を差し伸べてくれる人が現れることを願った。

　ドアを開け、教院を出た。恵令奈ちゃんが私に背中を向けるのが見えた。

「早く」

　道の先で待っていた直くんが私を急《せ》かした。エンジンの音で気づかれるといけないから、バイクは少し離れた場所にとめてある。

　小走りに進む直くんの背中を追いかけて、私も駆け出した。手を取るために左手を伸ばし、指先で直くんの右手を摑もうとした。走りながらだから上手《うま》く捕まえられなくて、何度も指が指の間をすり抜けていった。それでも私が大きく一歩を踏み出すと、これ以上ないくらいの強い力で肩を抱かれた。

　とめてあったバイクに乗り、直くんのお腹に腕をまわした。エンジンが唸り、バイクが走り出す。風が静かに吹く音とともに、私が長い間暮らしていた場所が、あっけなく遠ざかっていった。

苗字《みようじ》が変わった。

直くんの姓の蒔田という字と自分の下の名前が並んでいるのを、不思議な気分で眺めた。

私の二十六の誕生日に、直くんがプロポーズしてくれたのは嬉しかった。式を挙げるお金もなければ呼ぶ人もいなかったけれど、日曜の夜に少し豪華な食事を作ってお祝いをした。

パートタイムで働いているスーパーの店長に結婚の報告をして、制服に付ける名札を変えてもらった。前の名札は捨てた。どこの誰からもらった苗字だったかも知らないのだ、過去も一緒に捨てられたようで嬉しかった。

「あ……えっと、蒔田さん」

新しい苗字で呼ばれるたびに、花が開くような幸福に包まれた。私はもう以前とは違う人間なのだと思えた。

一緒に過ごして長いからか、世間一般の新婚夫婦のような甘い時間は私たちにはなかった。それでも、ずっと仲が良ければいいと思っていた。変わらない生活がこの先もずっと続いてほしいと願っていた。

高校生のときに教院を出て、運命共有教と縁を切った。本当に、切ったと言えるのだろうか。私はもうあの人たちに追い詰められることはないのか。自由になれたのだろうか。尽きない不安を背負ったまま、直くんのおじいさんが管理している下宿に部屋を借りた。

生きるために、アルバイトを始めた。お金を稼ぐには仕事を得ること、私を雇う人もまた誰かのもとで雇われているということ。物や人や資産が循環する仕組みや、暗黙の決まりの数々。そのほんの一部を知っただけでひどく驚いた。自分がどれほど世界を知らなかったのか思い知った。

少しずつ私の中で「こちら側」と「あちら側」が入れ替わり、感覚が世間に溶け込んでなじむのを感じた。もう、何もわからないままわかったようなふりをする必要はないのだ。これまで私は学校や予備校にいつも突然投げ出され、必死で周りに合わせるしかなかった。何も知らないということを、他人に知られるのが怖かったのだ。私は大丈夫だと、何度自分に言い聞かせていたか知らない。どうして普通の学生のように振る舞えていたのかわからない。私は自分でも気づかないうちに、暗示のようなものを自分にかけていたのかもしれない。

今となってはそんなこと気にする必要もないのだと思うと、ぬるま湯みたいな安心感を覚えた。ただ働いて眠るだけで、日々が流れるように過ぎた。

私が一九歳になった夏、直くんがバイクで事故を起こした。信号を無視して走ってきたトラックを避けようとして、ガードレールに突っ込んだのだ。怪我人は直くんだけだった。

直くんは右手の中指の関節を骨折した。一度折れてしまった関節は、完全には元通りにならない。「指が曲がりにくくなるでしょうね」と医師は言った。吹奏楽の強豪校でトランペットを吹いている直くんにとっては致命傷だった。

「危ないの知ってるけど、好きなんだ両方。やめたくないんだトランペットもバイクも」

まだ出会って日が浅かったころの直くんが私に言ったのを、病院でレントゲン写真を見ながら思い出していた。好きなものがたくさんあって幸せな人だと、その言葉を聞いて私は思ったような気がする。実際に口に出したかもしれない。好きなことがもう一つの好きなことに影響を及ぼすなど、考えてもみなかった。可能性があることは理解していても、起きることはないだろうと根拠もなく思っていた。

「……俺、トランペットやめなきゃ」

診療が終わり、包帯を巻いた右手を見て直くんはつぶやいた。

「いいの？　それで」私は尋ねる。

「よくないよ。でもやめるしかない。続けてもしんどくなるだけだから」

口ではそう言いながらも、直くんが納得できていないのは明らかだった。

その日から、夜中に直くんの部屋からすすり泣く声が聞こえてくるようになった。心配になって翌朝訪ねてみると「なんも覚えてない」と笑いながら言う。嘘をついている様子はなかった。けれど悪夢を見ている自覚はあるようで、眠るのが怖いと言って私の前でだけときどき顔をゆがめた。

私は、直くんの部屋にあったトランペットを自分の部屋に移した。当人の目に入る場所に置いていてはいけないような気がしたのだ。ある夜、もう何度目かわからない泣き声で目が覚めてしまって、私は部屋の灯りをつけずにケースの留め金を外した。淡い月明かりの下でケースを開くと、使い込まれた金色のトランペットは異様に厳《おごそ》かな雰囲気をまとって見えた。両手で取り出し、上部のボタン部分を一つ押してみる。しゅっ、しゅっと空気が動く音がした。その小さな音すら隣の部屋の直くんに聞きつけられてしまう気がして、私はなるべく静かにトランペットをケースに戻し、留め金を噛ませた。

その年の夏から、直くんは怪我をした利き手をかばいつつ遅い受験勉強を始めた。春に大学進学が決まったけれど、キャンパスは下宿から通いやすい場所にあったから引っ越しはしなかった。

大学に入ってからも、直くんはよく悪い夢を見た。そのうち一人では眠れなくなって、夜中になると私を呼びに来た。眉間にしわを寄せたその寝顔を見ながら、私は音量を極限まで小さくしてテレビを見ていた。

画面に映し出されているのは、やたらと彩度の高いアニメーションのミュージックビデオだ。再生回数は一千万回を突破、オリコンデイリーランキングでも一位を獲得、とナレーションが流れる。ピンク色の髪をしたボーカルがインタビューを受けている。

「楽曲を聴いてくださるみなさんのことが大好きです。これからも全力で発信し続けます」

笑顔で話すボーカルの横には、護衛のような鋭い目をした背の高い男の人が寄り添っていた。

「……Genuine《ジェニュイン》だ」目を覚ました直くんがかすれた声で言った。

「有名なの？」私が訊くとうなずく。

「最近流行ってるよ。無名時代は色々問題あったらしくて、アンチもたくさんいるけど……」

まだ眠たげな直くんの声を聞きながら、私は中学生のころに加子が作った動画を思い出していた。テレビで流れる流行りのバンドと、私を夢中にさせた加子の動画。二つのアニメーションを比べた。動きのなめらかさや使われている色の数、費やされた時間や画力はかけ離れていても、一枚一枚の絵から伝わってくる熱量は等しい。もしあのとき私がタブレットを壊していなかったら、今テレビに映っているのは加子の絵だったかもしれない。

大学を卒業した後、直くんは仏壇のセールスの仕事に就いた。それを機に二人で下宿を出た。直くんが会社に通いやすく、家賃がそれほど高くなく、日当たりがいいことを条件に新しい住まいを探した。何度も不動産屋に通って、ようやく一軒のマンションを見つけた。

引っ越しの荷物をまとめるとき、直くんはトランペットを母校の吹奏楽部に寄付した。バイクも後輩に売り渡してしまった。私には、何も知らせてくれなかった。ある日私がアルバイトから帰ると、直くんが何よりも大切にしていたその二つが忽然《こつぜん》と消えていたのだ。

あたたかい春の日に引っ越しをした。業者は頼まず、直くんのおじいさんが車で私たちと荷物を運んでくれた。五年間も部屋を借りたのに、私はおじいさんに生まれや育ちを尋ねられたことは一度もない。廊下や玄関ですれ違うと、おじいさんはいつも目を細めてうなずくだけだった。会話をした回数だって、両手で数えられるほど少ないかもしれない。新居の前で荷物を下ろすと、おじいさんは私に一度深く頭を下げて車で走り去っていった。直くんともほとんど会話をしていなかった。

トランペットを始めたのはおじいさんの影響だと、以前直くんから聞いたことがある。吹奏楽の強豪校に進学したとき、一番喜んでいたのもおじいさんだったそうだ。事故が起こってからは、少しずつ、関係性が変わってしまった。それらを冷たいとか切ないという言葉で片づけるのは、あまりにも投げやりだと私は思った。荷物を見下ろす直くんの隣で、おじいさんが見えなくなった道路に向かって頭を下げ続けた。

下宿を出てからの三年間で私は一〇キロ太り、直くんは五キロ痩《と》せた。仕事はなかなか上手くいかないようで、直くんは毎晩遅くに帰ってくると夕食も摂らずお風呂にも入らず、スーツすら脱がないままソファで気を失うように眠ってしまう。翌朝は早くから出社していく。私はせっかく料理を覚えたのに、直くんに食べてもらえないまま自分で消費するしかなかった。あっという間に太り、体重計に乗るのが怖くなった。

「ダイエットしたら？」

ある日曜の朝、ジャージ姿で起きてきた直くんに言われた。私はカフェオレを飲もうとしていた手を止めた。

「そんなに太って見える？」

「うん。最近、ちょっと増量に勢いがありすぎる気がするよ」

直くんはあくびをしてお腹を掻きながら答えた。ずり下がったジャージのズボンから、浮き出た腰骨が見えていた。

「二人分のメシがもったいないならさ、俺いらないから。駅前に弁当屋ができたの知ってる？　俺はそこで適当に買って食っとくから。ヨッちゃんは一人分だけ作ればいいよ」

私は怒りたかった。私があなたの健康を考えて毎晩バランスのいいものを作ってるのに、それが駅前のお弁当に負けるっていうの。その言葉が喉元まで出かかった。でも言えなかった。食べてもらえない食事を作り続ける苦痛より、店に負けた悲しみより、きつくなり始めた結婚指輪のことが気になった。直くんに嫌われないこと、それが私の一番の望みだった。

「じゃあ、そうしてもらおうかな」私は感情を押し殺して言った。

「うん、それがいいよ。お互いウィンウィンだからね」直くんは満足そうにうなずいた。

一人分も二人分も作る労力にそれほど差はなかったから、直くんが食べないと決まってしまうと、途端に台所に立つことが面倒になった。もともと料理が好きなわけじゃない。直くんのために一生懸命作っていただけだ。私はスーパーのシフトが終わってから、廃棄予定の惣菜《そうざい》を譲ってもらうようになった。すっかり所帯じみたことをしている自分を笑った。

出来合いのものも悪くない。私がレシピを見ながら額に汗を浮かべて作ったものよりも、パートの主婦たちがお喋りをしながら機械的に作ったものの方が何十倍も美味《おい》しい。駅前にできた店だって、毎日行列ができているからきっと味もいいんだろう。自炊をやめて一週間ほどで、私はそれを認めざるを得なかった。けれどいくらそう思っても、自分で思うのと他人に言われるのとは違うのだ。美味《うま》い美味いと言ってお弁当を食べる直くんを見ていると、私の中ではやっぱり寂しさと怒りと悲しみが混ざった。

パートがない平日の午後は、溜まっていた洗濯や掃除などの家事を一気に片づける。手の空いた時間ができると、途端に何かを口に入れたくなってしまう。無意識に冷蔵庫を開け、すぐに食べられるものがないか探す。二人分の量を食べていた間に、胃が大きくなったのだ。ふと我に返るとチョコレートやポテトチップスの袋を開けていることがよくあって、そのたびに深い罪悪感に襲われた。食事以外に心のよりどころを見つけるしかないと思った。

　そんなときに、ふと加子のことを思い出したのだ。まず初めにSNSで「白井加子」、次に「シライカナコ」と検索をかけた。雰囲気に覚えのある絵のアイコンを見つけて、私は息を殺しながらアカウント情報を表示した。

『シライカナコ：フォロー〇　フォロワー三〇九　illustrator／animator　ご依頼はDMまでお願いします』

　許された、と思った。私は許された。加子が絵を続けていてよかった。だって中学生のとき、タブレットを壊されたことによって加子が動画制作をやめていたとしたら、それは私のせいだ。必死に忘れようとしていたけれど、やはり私はずっと心のどこかで、加子の人生を台無しにしてしまったのではないかと思っていた。杞憂《きゆう》だとわかって肩の力が抜けた。

　少しずつ、今までの加子の投稿をさかのぼった。

『厚塗りの練習』

『線画を描いています』

『冬の夕暮れ。　#indie_anime』

『夜中に落書いた壱春くん。解散は悲しいけど一生聴き続けます』

イラストや短いアニメーションばかりだ。人物画も風景画も、中学生のころより格段に上手くなっていた。加子本人を知っていることを抜きにしても目を引き付けられる絵だ。見入っていると時間を忘れた。加子の発信した文字を見ていると、会話をしているような気分になった。友達だったころを思い出した。

それから私は、手が空いたときは必ず加子のSNSを調べるようになった。洗濯物を畳《たた》み終えてから、今日もスマートフォンを開く。一件の投稿が更新されている。

『アカウント復活させたのでテストです。すぐ消すかも』

文字の下にはリンクが一つ貼られていて、タップすると画面がYouTubeに飛んだ。動画のタイトルが表示された。

〈知らない過去〉

一分足らずのアニメーションの動画だ。すでに何件か視聴者のコメントが付いていた。

>子猫ちゃんのアニメ見たことあります。シライさんの作品だったのですね。

>祝・復活。過疎ってもずっと登録してた甲斐《かい》あったわ。しかし謎内容……。

>ドウガネ黄金期の火付け役降臨！　自分語りいらんからMV作って解散止めてくれ～。

再生ボタンを押すと、画面の中央に一人の女の子が現れた。机に座り、脚をぶらぶらさせている。スマートフォンの読み上げ機能のような、機械的な声で喋り始めた。

『中学生のころ、私にはカコちゃんという友達がいました。カコちゃんは小さくてやせっぽちで、私は、カコちゃんには私がいないと駄目だと思っていました』

日焼けした肌に面長の輪郭《りんかく》、泣きぼくろ、赤いナイロンジャージ。私だ、と思った。その動画の中では、イラストになった一三年前の私が過去の出来事を語っているのだ。心臓がどくどくと脈打った。吸った息が肺の中で震えた。

『私もカコちゃんも、お互いに友達がいませんでした。休み時間はいつも美術室で、スマートフォンを使って二人で動画を見ていました。カコちゃんはバンドのミュージックビデオが大好きで、ときどきボーカルに合わせて歌ったりもしていました。では、続きはまた明日』

アニメーションが途切れ〈知らない過去〉の動画は終わった。再生回数は一〇〇回足らずだった。シライカナコの「他の動画を見る」のボタンを押すと、過去に投稿された「邦ロックアニメーションシリーズ」は、一番多いもので五万回ほど再生されていた。

私はソファのひじ掛けに自分のスマートフォンを置いた。

あんなに普通の世界から切り離された生活を送っていた私が、今では手の中にインターネットという一つの世界を持っている。加子と再び繋がっている。そのことを少し恐ろしく感じた。さっき見た動画のことを思うと、心だけじゃ処理しきれないほどの不安に襲われた。

私は一度だけ深く息を吐き、台所へ向かった。甘すぎるくらいの砂糖を入れたカフェオレを飲もうと思った。そうしなければ、心臓の鼓動が限界を迎えて倒れてしまう気がした。心を落ち着けるには甘いものが必要だと、私は一体いつからなんの引っかかりもなく考えるようになったのだろうか。

電気ポットに水を注ぎ、沸騰《ふっとう》するのを待った。フィルターの上から湯を注いだ。冷蔵庫から牛乳パックを取り出し、カップに注ぐ。スプーンですくった砂糖を入れる。かき混ぜるとカチカチと音が鳴った。カップの縁に口をつけて心を落ち着かせながら、私はまだかすかに熱を持っているスマートフォンを手に取り、加子のSNSを開いた。新しい投稿があった。

『昔のことにいつまでも執着するのは疲れたけれど、あと少しだけ頑張ることにしました』

短い文面を何度か読み返しながら、昔のこと、というのは何か考えていた。動画の内容からして私に関係があるのだろうか。加子が私にタブレットを盗まれたこと。壊されたこと。

〈知らない過去〉というタイトルの動画は、それから毎日更新された。私は加子のSNSアカウントの通知設定を入れ、投稿されたらすぐに動画を再生できるようにした。

『私の部活が終わるまで、カコちゃんはいつも一人で教室に残って私を待っていました。帰りは決まって夜の七時過ぎで、日が暮れた道を二人で歩きました。途中に一軒だけあるコンビニがとてもまぶしくて、そこを通るたびにカコちゃんは私に何か買おうと言いました』

『カコちゃんのおうちは貧乏で、そのせいでクラスの女の子たちにいじめられていました。上履きを隠されたり、教科書を汚されたり、お弁当をひっくり返されたり、濡れた雑巾を投げられたり、顔に黒板消しを押し付けられたり、体操服を切り刻まれていたこともあります。私はそんなカコちゃんがかわいそうで、体操服を貸してあげました。代わりに私は真っ赤な部活のジャージを着て走りました』

『カコちゃんがとても痩せていたのは、毎日夕食にパンしか食べていないからでした。カコちゃんのお母さんは夜間に働いており、ご飯代として毎晩五〇〇円をくれたそうです。カコちゃんはそれで五日に一度五枚切りの食パンを買って、残りのお金をとっておいていました』

『カコちゃんには、アニメーション作家になるという夢がありました。絵を描くことが大好きでしたが、誰にもそれを見せたことはありませんでした。もし絵を馬鹿にされてしまったら、どうしようもなく悲しくなって生きていけなくなるかもしれない。そう考えたカコちゃんは大好きなことを自分の中に隠し持って、周りから必死に守っていました』

動画の中では、今の私も知らないことを中学生の私が話していた。唯一の友達だったはずの私にさえ、加子は自分の夢を話してくれなかった。私は、加子を鈍い子だと思っていた。見下していたことに気づかれていたのだろうか。心を許されていなかったのだろうか。

画面の中の私は話し続けた。

『貯めたお金を握りしめて、カコちゃんはタブレットを買いました。喜びよりも、これで正解なのだろうか、ついに買ってしまった、という恐怖や罪悪感の方が大きくて、家に着いても震えが止まりませんでした。夢に一歩近づいたことが嬉しくて、嬉しくて、でもやっぱり怖くて、誰もいない部屋でカコちゃんは泣いていました』

『私は、そんなカコちゃんに意地悪をしたいと思いました。いじめられているくせに、友達がいないくせに、運動も勉強もできないくせに。夢に近づこうとして、そんなものを買ったカコちゃんが許せませんでした。私はカコちゃんの家に忍び込みました。まだそれほど使われていないタブレットを盗み出し、近くの公園でそれを壊しました』

違う、と私は思った。私は、意地悪がしたくてタブレットを壊したのではない。外の世界と繋がるすべを持たない自分が悔しくて、似た境遇にいたはずの加子がそこを出て行くことを許せなかったのだ。この子だけは、いつまでも私と同じか、それより下の場所にいると思っていた。そう思って安心していたかった。加子を貶めるためではない。ただ自分のためでしかなかった。けれど、私の気持ちがどんなものだったとしても、中学生のときの私がしたことに変わりはないと思った。今となってはどんな言葉も言い訳にしかならないのだ。

あの日、学校から帰った加子は、自分の宝物がなくなったことに気づいてあちこちを探し回ったのだろう。ソファの下を見て、あの薄汚い家を隅々まで探して、錆《さ》びた門から外へ飛び出して、あてもなく歩いて、走って、あの公園にたどり着いたのかもしれない。花壇の裏側で蟻の死体と砂にまみれ、地面に這いつくばって、膝を擦りむいて、側溝の中に散らばったガラスの破片を見つけた。そのときの加子の絶望はどれほど深かったのだろう。

加子は、私に仕返しをするために〈知らない過去〉を投稿し始めたのかもしれない。もし私が動画を見つけなかったら、どうするつもりだったのだろうか。仕返しという言葉で表すには、あまりにもお粗末な計画だと私は思った。息をついて、ソファに深々と体を沈めた。

数年前から自転車に乗れるようになった。昼ごろ、近くのファストフードの店までこいでいった。

「お母さん、アップルパイも買ってよ」

列に並んでいると、私の前に並んでいた小さな女の子が母親にせがんだ。母親は「ピアノ頑張るならね」と言って、女の子の頭を撫でる。私はその様子を見るともなしに眺めた。

子どものころ、私は母親というものを知らなかった。人が人から生まれるということを知らなかったのだ。私たち人間は皆、マイマイから命を授かったと思っていた。そう教えられていたのだ。「お母さん」という言葉は、一緒に暮らしている信者の世話をする女の人のことを指すのだと信じていた。

一人の人間、それも私と同じ性である女の体から、もう一人の別の命を持った人間が生まれるのだと知ったとき、途方もない恐怖心にかられた。子どもを持つということが、この上なくおぞましいことに思えた。罪深いことだと思った。だってそうしてこの世に生まれてきた私は、こんなにも幸せとは程遠い場所で生きているのだから。

けれど教院を出て結婚し、本当の意味での幸福を知って私はふと思ったのだ。手を繋いで話している親子の姿を目にしたとき、私だって母親になれるのではないかと気づいた。自分の手で守る存在が欲しかった。小さくて、やわらかくて、あたたかいもの。それこそ私がぼんやりと思い描いていた幸福のはっきりとした形だと思った。もし私が母親になれたら、決してその子どもに不幸せな思いをさせはしない。私があこがれていた世界を、初めから余すことなく見せてやるのだ。明るい部分だけを教える。子どものころの私が教院で送っていた色のない生活など、一瞬だって味わわせはしないだろう。

一度思い描いてしまったら最後、脳裏に焼き付いてしまったようにその光景ばかりが浮かぶようになった。あの不気味な加子の動画のことを頭から追い払うように、新しい想像が私の中で膨らみ始めたのだ。他のことは一瞬だって考えたくもなかった。

平日なのに、朝の七時になっても直くんが起きてこなかった。

会社に持っていかせようと思っていたおにぎりを、私はお腹が空《す》いて自分で食べてしまった。それだけでは足りず、戸棚からビスケットの袋を取り出して封を切った。三枚まとめて口に入れ、牛乳をパックから直接流し込む。噛み砕きながら寝室に入った。直くんがくるまっている布団を摑んで、めくった。

「やめて」直くんはまぶしそうに目を細めた。

「もう七時だよ。遅刻じゃないの」私はビスケットと牛乳を飲み込んで言った。

「今日はいいよ。休む。俺がいてもいなくても売り上げ変わんないし」

言いながら、直くんは枕元のスマートフォンを手に取った。

「三パーセント？」私は上から画面を覗き込み、表示された充電の残りを読み上げた。

「どうしてそんなに少ないの？」

「昨日の夜、ちょっとメールしてて」直くんは乱暴に目をこすった。

「メール？　誰と」

「後輩」

「大学の？　それとも高校の？」

「そのへん」

「どっちよ」

「高校」

「本当に？」

「ほんとだって。しつこいなあ」直くんは私の手から布団を奪い、またくるまってしまう。

「……ねえ、直くん」意を決して私は口を開いた。

「何？　まだ眠いんだけど」布団の中からくぐもった声がした。

「……私、母親になれるかな」

「……は？　何それ」直くんが驚いたように布団をはね除《の》けた。

「深い意味はないよ。ちょっと訊いてみただけ」

私は思わず引き下がってしまった。気味悪がっているような直くんの顔に怖気《おじけ》づいたのだ。今この話をしたのは間違いだったのかもしれないと思った。

「そう……よかった」

直くんは気が抜けたような声で言った後、一つ溜め息をついてまた横になってしまった。

私は台所へ戻り、新しいビスケットを口に入れた。一人でこの幸せを実現できないことが焦《じ》れったかった。先走る気持ちを抑えられない。深く息を吸い、吐いた。さっきの直くんの顔を思い出した。何を言い出すのかと、驚き、呆れ、おびえていたように見えた。あれ以上は話し続けられないと、あのとき私は即座に感じ取ったのだ。しばらくこの話は持ち出さない方がいいのかもしれない。無理にでも他のことを考えようと努めた。

スマートフォンを開いて、今日の予定を確認する。スーパーのシフトは入っていなかったはずだ。もともと用事があるわけでもなかった。平日なのに直くんが家にいることがいつもと違うけれど、きっと一日中寝ているからいないのと同じだ。頭の中で膨らんでいた想像があっけなく消えてしまうと、代わりに脳内に居座るのはあのことに決まっている。

加子のＳＮＳだ。

昨日の夜に通知が来て、また新しい投稿があったことがわかった。

『最近、ようやく手がかりを摑みました。近いうちに今までの悔恨を晴らしに行きます』

どういう意味なのか考えると胸騒ぎがして、私はまだその投稿にきちんと向き合えていなかった。後でゆっくり見直すことにしようと思い、洗濯物を取り出しに洗面所へ向かう。

昼にはナポリタンを作った。玉ねぎをオリーブオイルで炒《いた》めていると、匂いにつられて直くんが起き出してきた。私がスパゲティを茹《ゆ》でるのを、とろんとした目で眺めていた。

このマンションに越してきたばかりのころ、一度だけ、直くんにどうして私を選んだのかと尋ねたことがある。子どものころから、私は常に教団の存在を周囲に知られることにおびえ、必死で普通の人間のように振る舞っていた。可愛いだとか健気だとか気が利くとか、そういうどの言葉にも当てはまらない貝のような女だった。それなのにどうしてあのとき、閉じ込められていた私を外へと救い出してくれたのか。ずっと知りたいと思っていた。

「わかんない。ずいぶんからっぽなんだなこの人、とは思ってたけど」

直くんはテレビのチャンネルを変えながら、どことなく上の空でそう言った。

った」

「そう。なんも知らないくせに、必死で周りに合わせててさ。予備校に通ってるって言われてびっくりしたよ。こんなに世間知らずなのバレバレで、どうやって生きてんだって思った」

「からっぽ?」

「そんなにわかりやすかった?」

「めちゃくちゃね。でも頑張ってたから誰も指摘できなかったんだろうね。絶対言わせない、って雰囲気出てたよ。ちょっと怖かった。そんで、かわいそうだな、俺がなんとかしてやりたいなって思ったわけ」

面と向かってではなく、テレビを見ながらだったから聞き出せたのだろう。けれど今でも直くんから同じ言葉を引き出せるのかと訊かれたら、私は自信をもってうなずくことはできない。生活に対する慣れのようなものが、私たちの間に染みついている。少しずつ自分の感覚を麻痺させて、知らない部分を無視して、不安なことを忘れて、私たちは自分でも気づかないうちに、お互いのことについて尋ねる機会を徐々に失っているのかもしれない。

一人前よりも少ない量のナポリタンを食べ終えると、直くんはまた寝室に戻っていった。皿洗いを終えた私は、自分のスマートフォンを手に取った。昨日の投稿を見返す。〈知らない過去〉がまた更新されていることに気づいた。

画面の中の私は、赤いナイロンジャージから高校の制服に衣装を変えていた。

『中学を卒業して、カコちゃんはどこかへ引っ越していきました。カコちゃんの家にはお父さんが残した借金がありましたから、夜逃げだったのかもしれません。自分のしたことを打ち明けられないまま、私は高校生になりました。やがて恋人ができ、家を出ると、カコちゃんのことも自分が犯した罪のことも、私は忘れていきました』

違う、と私は思った。また違う。何度も忘れようとはしたけれど、今までの人生の中で私は一日だって加子のことを思い出さない日はなかった。ただ罪悪感だけは薄れた。あの出来事の残酷さはわかったけれど、それが自分のしたことだという実感が徐々になくなって、いつの間にか他人事みたいに考えていた。

心の中での弁解を一通り終えてから、私はふと我に返る。

なぜ加子は、私が恋人と——直くんと出会ったことを知っているのだろう。

なぜ加子は、私が家を——教院を出たことを知っているのだろう。

後ろを振り返ってみた。真っ白い壁があるだけだ。

立ち上がり、寝室へ向かった。

「直くん」ベッドに横たわっている布団の塊に声をかける。

「白井加子って人、知ってる？」

「知らない」

窓の外で、風が吹く音と鳥の鳴き声がした。

高校時代、私は直くんと出会ってもそのことを誰にも話さなかった。話す相手がいなかったのだ。教院にいた人たちだって、気づいていなかったはずだ。だから加子があのころの私のことを知るには、直くんに訊くしか方法はないはずだった。

「……昨日の夜、本当は誰とメールしてたの?」

疑いたくなかった。けれど私には単純なことしか考えられないから、大切な人を真っ先に疑ってしまった。直くんは何も言わない。布団の中から深い寝息が聞こえた。

直くんのスマートフォンは、近ごろ朝になると必ず充電が少なくなっている。私は自分の考えを安直だと思う一方で、正しくなければつじつまが合わないような気がしていた。

私はどうも早とちりなところがあるようで、それは中学生のときにシライカナコが加子のことだとすぐに思ってしまった件に対しても言えることだった。けれど、あのときの私は正しかった。加子は間違いなくシライカナコだった。ならば今の私の考えだって、当たっていても何もおかしくはないのだ。

朝の四時に目が覚めてしまった私は、充電が残り五パーセントになっている直くんのスマートフォンを手に取り、リビングへ向かった。コンセントから伸びるコードを接続部分に挿すと、軽い音がしてロック画面が浮かび上がった。

時刻の下に、最近届いたメールやニュースが表示されている。その中の一つ、ショートメールに私は目を留めた。タップして表示し、下に向かって指で移動させていく。

『そういえば、教えてもらった場所、すぐに調べました！　温泉街って素敵ですね。あのへんなら冬でも湯気で寒くないかもしれない（笑）。またお話聞かせてくださいね。』

文末にきらきらした星の絵文字が踊っていた。連絡先の登録をしていないのか、本来は差出人の名前になっているはずの部分には相手の電話番号が載っている。私はその番号の羅列を見つめ、もう一度ショートメールの内容を読み直した。これは誰だろうか。

無意識のうちに加子のぼんやりとした面影が浮かんで、また、あまりにも単純な予想をしてしまっていると思った。でも、もし本当にその通りだったら。どこかで二人が知り合って、これをあの子が打っているのだとしたら。〈知らない過去〉の動画のことはすべて説明がつくように思えた。

「誰？　これ」

寝室でまだ眠っている直くんを揺り起こし、スマートフォンの画面を見せた。

「……バイク譲った高校の後輩。この前言ったでしょ。最近よくメールしてくるんだよ」

直くんは目をこすりながら答えた。時計を見て「まだ四時過ぎじゃん」とつぶやく。

「……女の子なの？」

「そう。言っとくけど、浮気じゃないからね」

無理やり起こされて機嫌が悪いのか、直くんは低い声で言った。

「そんな心配してないよ」

「それもどうなの？　ヨッちゃん、もうちょっと俺の気持ち考えたら。結婚した途端にぶくぶく太っちゃって、さ……」

「うるさい！」

冷静になるよりも先に、私はベッドのマットレスを蹴り上げていた。急な怒りで視界が赤くかすんだ。「何？　何？」と直くんが飛び起きる。構わず私は何度もマットレスを蹴り続けた。一度だけ的が外れて直くんの背中に当たった。下から睨みつけられた。

「やめなよ。ヨッちゃん最近おかしいよ。すぐ怒ったりしつこく聞いたり勝手にスマホ見たりしてさ。何？　なんかあったの？　俺なんかした？」

違うと私は吠えるように叫んだ。足を下ろし、スマートフォンを投げつけるように返した。ベッドの脇にある鏡台を見つめた。

荒れた肌に脂《あぶら》ぎった髪、ずんぐりした体、くすんだ肌、ゆがめた顔。不機嫌な女が映っていた。中学生だったころも高校生だったころも大人になってからも、私は私のことを綺麗だと思ったことは一度もないけれど、今のようにとことん醜《みにく》いと感じたのは初めてだった。

その日の夜の終わりごろに目を覚ました私は、直くんのスマートフォンを手に取った。

起こさないように直くんの指紋をホームボタンに当て、ロックを解除する。ショートメールはロックがかかっていて開くことができなかった。代わりにGPSをインストールした。自分のスマートフォンにも同じアプリを入れ、いつでも直くんの居場所を見られるように設定する。考えれば考えるほど、メールのことで嘘をつかれていると思えてならなかった。

翌朝、玄関で直くんを見送ってから、菓子パンを牛乳で流し込みつつGPSを確認した。緑色の小さな点が、私たちの家から駅に向かって移動していく。駅に着くと、電車に乗って一気に速度を上げた。私は点が直くんの会社の最寄り駅に着くまでずっと眺めていた。

『今会社出た。弁当買って帰るから待ってないで寝てて』

メールが来たのは午後の九時過ぎだった。GPSを開くと、緑色の点は家の最寄り駅にいた。いったん閉じ、もう一度開き直す。点は同じ場所にいる。アプリの不具合ではないのだ。直くんは嘘をついている。私はコートを羽織って家を出た。

駅までの道をうつむいて歩きながら、中学生のころ、加子と別れた後の帰り道で今と同じ気持ちになったことを思い出した。目的地が近づくにつれ膨らむ憂鬱《ゆううつ》。どんなに進みたくないと思っても、こんなに寒いところで立ち止まっているわけにはいかないから、足は前へ前へと機械的に私を運んでいくのだ。風が目の前を切るように吹いて、鼻先がかすかに痛んだ。

季節は同じ冬でも、一人のときと誰かと一緒のときではずいぶん寒さが違う。相手との間に物理的な距離があったとしても、一緒に歩く人がいるだけで空気の冷たさが薄れる気がする。相手のことを考えているから、心の中に寒さが入る空間が狭くなるのだ。一緒にいられるからちっとも寒くなかったのに、わざと震えてマフラーを貸してもらうのを待っていたころのことを思い出した。今の私の心には、大きな穴がぽっかり空いているというのに。

じりじりと移動するGPSの緑色の点を追って私は駅前を過ぎ、飲食店が並ぶ通りに入った。一軒のファストフードの店の前で足を止めた。数日前に私が昼食を買った店だった。

窓際の席に直くんが座っていた。向かい側には小柄な女がいて、あたたかそうな飲み物のカップを両手で持って笑っていた。その手首の細さに私はハッとした。あんなにやせっぽちの人を、私は加子の他に知らない。考えるよりも先に店のドアに手をかけ、引いた。力をこめたはずなのに、たった一枚のガラスのドアはまったくといっていいほど動かなかった。

もう一度ドアを引く気力はなかった。ここまで来てしまった自分を馬鹿だと思いながら、私は来た道を引き返し始めた。風をさっきよりも冷たく感じた。

直くんが帰ってくる前に、ベッドに入って寝たふりをした。いつの間にか本当に眠ってしまって、夜中に起き出し、隣で寝ている直くんのスマートフォンのロックを解除した。ショートメールのアプリを開くと、数字を入力するロック画面が現れた。

直くんの誕生日を入力する。開かない。私の誕生日を入力する。開かない。結婚記念日。開かない。ここへ越してきた日。開かない。箱根湯本へ行った日。開かない。運命共有教のことを話した日。開かない。

途方に暮れる間もなく、私は自分のスマートフォンを手に取ってシライカナコのSNSを開いた。今日だけで三件の投稿があった。

『ようやく手の届くところまで来たと思ったら怒りが復活。一生かけて寄り添っていこうと思ってた夢が突然消えて、あの日から私は負の感情を中心に生きることになった。あの子はたかが電子機器一つだと思ってるかもしれないけど、私にとっては全財産だったのに』

『私をこんな風にしておいて、彼氏に愛されて守られて結婚までして幸せになったあの子が大嫌い。本当に嫌い。死ねばいいのに』

『直接言う。私は明日あの子に会う』

加子の息遣いが耳元で聞こえるようだった。見えない指で首に手をかけられて、もう逃げられないと思った。あと数時間で明日になる。加子が私に近づいてくる。待つこと以外の何もできない自分に気づいて、途方に暮れるしかなかった。心がベッドのマットレスに沈み込むように重かった。目を閉じ、傍《かたわ》らにスマートフォンを投げ出す。隣で眠る直くんの静かな寝息を、この世の何よりもうるさいと思った。

〈知らない過去〉の新しい動画が投稿された。

私が築き上げてきた幸せの形が、少しずつ崩されてゆくと思った。気づかないふりをしていればいいのかもしれない。再生ボタンを押す指が震えて、でも見ずにはいられなかった。画面の中の私は高校の制服ではなく、セーターとデニムとコートを身に着けていた。最近の私がよく着ているものと同じだ。

『家を出て、私は恋人と結婚しました。生まれ育った街とは遠く離れた場所で、部屋を借りて暮らしています。カコちゃんのことは、もうほとんど忘れてしまいました。ときどきふと思い出す程度で、顔も覚えていないくらいです。もしこれから街中ですれ違うことがあっても、私は気づかないでしょう』

昨夜ファストフードの店で見た、加子の相変わらず痩せた横顔を思い出した。気づかないはずがなかった。加子の顔は、あのころからちっとも変わっていないのだから。

私は昼からいつも通りパートへ向かった。『あの子に会う』という投稿が怖くなかったのではない。ただ、あからさまに意識した行動をとれば加子に笑われる気がした。あの子の思い通りになるのは嫌だった。友達だったころから一〇年以上が過ぎてもなお、私は加子を見下せる立場にいなければ気が済まないのだ。変わっていないのはお互い様だと思った。

「蒔田さん、お友達がいらしてるけど」

出勤から数時間が経ってチーフに呼ばれたとき、私は顔の筋肉が引きつるのをごまかして曖昧にうなずいた。「忘れ物でもしたの？」とチーフに訊かれる。私は答えず、レジに休止中の看板を立てて外へ向かった。

加子に違いないという確信に近い予感があった。細い体が、私の方に向き直った。

「……四葉ちゃん？」小柄な女は首をかしげて言った。

「覚えてない？　加子だよ。白井加子」

「……覚えてる」

ＳＮＳのあの投稿と結びつかないくらい、加子は屈託のない笑顔を私に向けていた。私はそのことに戸惑って、でも顔に出したら負けだと思った。お互い何も言わずに見つめ合った。

「懐かしいねえ」加子が目を細めてつぶやいた。

「あの四葉ちゃんが働いてるなんてね。今日は何時に終わる？　少しお喋りしようよ」

「あと三〇分で休憩になるから」

「じゃあここで待ってる」

加子は駐車場のポールに体を預けて私を見上げた。その視線を感じつつ背を向け、店内に戻りながら、私は自分の唇が乾燥しきっているのを感じていた。軽く舐《な》め、レジで休止中の看板を外す。

今日は話せないと言って、あそこで加子を追い払ってもよかったのかもしれない。そうすれば、私はこの状態が崩れるのをもう少し先延ばしにできたかもしれない。でも、早く終わらせてしまいたいと願う気持ちの方が強かった。あのときの謝罪を要求されているのならなるべく素直に手短に謝って、加子にはもう関わってほしくなかった。教団にいた一八歳までの期間は、私にとってすべて思い出したくない暗い出来事の塊だ。それを象徴するような存在の加子に近づいてほしくなかった。

休憩時間になり、私が外に出るとすぐに加子と目が合った。ずっと出入り口を凝視していたのだろうか。迷いのない足取りで、スーパーのエプロンを付けたままの私の手を引いて「行こう」と歩き始めた。あのファストフードの店に向かっているのだとわかった。

「私、ホットコーヒーにするけど。四葉ちゃんは？」店内に入り、加子が私に訊いた。

「いらない」短く答えると、眉を八の字に下げて困り顔をされた。

「席取っておいて」

そう言って加子は一人でレジに向かっていく。私が座って待っていると、やがてカップが二つ乗ったトレイを手に戻ってきた。

「はい」

スリーブの付いていない方を手渡される。言葉を返すタイミングを失い、私は黙ってストローをくわえて吸った。どろっとした甘い液体が口に入った。ストロベリーシェイクだ。

冷えていく口の中とは反対に、両耳に血液が集中して熱くなるのを感じた。感情的になるのはよくないと自分に言い聞かせた。

「四葉ちゃん、結婚したの？」加子が私の左手の指輪を見て訊いた。

「そう。去年の八月に」答えながら、私は加子の左手を見た。指輪はしていなかった。

「おめでとう。じゃあ新婚さんだ」

加子が弾んだ声で言って、私はまた言葉を返せなくなった。目の前で笑いながらコーヒーをすする加子を見ていると、一〇年以上も前の日からすべて嘘だったような気がした。

だから、確かめるために尋ねた。

「……蒔田直義って人、知ってる？」

知らないと答えられたら、それはそれで見逃したくなったのかもしれない。

「知ってるよ。四葉ちゃんの旦那《だんな》さんでしょ」

加子はホットコーヒーのカップを両手で持ってうなずいた。わかっていたはずなのに、実際に聞くと心がずしんと重たくなるのを感じた。

「どこで知り合ったの？　いつ？」

「昨日、初めて話したよ」

「昨日？」

思わず聞き返した。昨日、私は直くんと加子がここで話をしているのを見た。ショートメールはそれよりもずっと前に届いていた。加子は嘘をついているのだろうか。メールの相手は、バイクを譲った後輩だと直くんは言っていた。あれは本当のことだったのだろうか。

加子はバッグからスマートフォンを取り出した。私は中学生のころと機種が違うことに驚いて、すぐに当たり前だと思い直した。強烈な違和感があった。リサイクルショップで買ったと言っていた中学生のころの古いスマートフォンは、あのころの私にとって加子のシンボルだった。今でもそうだ。画面があちこち割れた赤いスマートフォン。携帯ショップの広告に同じ機種が写っているのを見つけると、無意識のうちに目をそらしていた気がする。

「何カ月か前に、たまたま蒔田さんのアカウントを見つけたの。二〇代でインスタ使ってる人ってまだいるんだね……。四葉ちゃんが写ってたから、ずっとフォローして見てたんだ」

加子は画面を私に見せた。

『ナオヨシ・マキタ。トランペット経験者。元バイク乗り。現在は営業マン。夢破れた日々を連ねます。』

「何これ」

「やっぱり知らなかったんだ？　写りの悪い写真も平気で載せてるから、なんとなく四葉ちゃんに許可取ってない気がしてたんだよね」

「ちょっと見せて」

私は加子の手からスマートフォンを奪うようにして取った。最新のものから順に、投稿をさかのぼって見ていく。どの投稿にも、一枚ずつ写真が添付されていた。

『ツマ作のナポリタン。今日は会社を飛んだ。食べたらまた寝る。背徳感のあるしやわせ。』

『最近仕事がつらい。あー疲れた疲れた。弁当を温めることさえ面倒くさい。冷たくても美味しいものこそほんとうの美味しいもの。ありがとう駅前の弁当屋さん。』

『いまそら。営業回りを終え、会社の窓から見えるこっくりした夕日と透き通った闇。』

『写真フォルダを延々スクロールの時間。一〇年ほど前、現在のツマと行った箱根温泉。あのころが一番楽しかった。高校時代のツマは可愛かった。今はもう見る影もない(笑)けれど、大きな愛で包み込む。自分の愛の深さに触れた帰りの電車。』

私が作ったナポリタン、駅前で売っているお弁当、会社から見た空、高校生のころの私。見るたびに心が少しずつすり減っていく気がして、私は加子にスマートフォンを返した。

私と直くんの生活や思い出が、私の知らない間に誰にでも見られるところにあった。その事実に愕然《がくぜん》とした。写真に写っている街の地名や人の名前をここから割り出すことなど、慣れた人にとっては簡単なことに違いない。けれど、その恐ろしさよりも先に、直くんがこんな投稿をしていたということが恥ずかしかった。照れや嬉しさの混じった恥ずかしさではなく、はっきりとした羞恥心《しゅうちしん》だった。

私は黙ってストロベリーシェイクをすすった。甘さを舌で確かめてからゆっくりと飲み込んだ。加子がスマートフォンの画面を見ながら口を開いた。

「私が声かけたら蒔田さん、普段はファンサしないんだけど特別ね、って言ったの。フォロワー八〇人もいないのに笑っちゃうよ。あの人、正義のヒーローに憧《あこが》れてる感じがしない？」

「この投稿を見て、加子はこの街に来たの？」

「えっ？」

加子は私をまじまじと見て笑った。初めて聞く、馬鹿にした響きを含んだ笑い声だった。

「私に仕返しをするために、加子はここまで来たの？　地元からこんなに離れた場所で偶然会うなんておかしいよね。直くんと知り合いになったことも」

「ちょっと、ちょっと待ってよ」加子はわざとらしい咳《せき》払いをした。

「四葉ちゃん、私がまだ中学生のときのこと根に持ってると思ってるの？　もう一〇年以上前のことを？　仕返しなんて幼稚なことのために、わざわざ旦那さんのアカウント見つけて、住所特定して、求人探して、仕事辞めて、こんな辺鄙《へんぴ》なとこに引っ越してきたと思ってるの？　それって馬鹿じゃない？」

「……そうだね。考えすぎた」

「ううん、その通りだよ」加子は私の顔を覗き込んで言った。

「さっき言った通りだよ。蒔田さんのアカウント見つけたのは偶然だけど、住所特定したところからは全部ほんと。四葉ちゃんにとってはもう昔のことかもしれないけど、私はずっと悲しかったし悔しかったし苦しかったし怒ってたし恨んでたんだから」

加子の瞳はあのころと同じがらんどうだった。一滴の水分も含んでいないような、乾き切った目をしていた。

「私、何があっても四葉ちゃんだけは本当の友達だと思ってたのに。裏切られた側の気持ち考えたことある？　タブレットを盗まれて壊されたことは確かにショックだったよ。でもね、仲が良かったはずの子にいきなり突き放されたことの方が、死ぬほど、何倍もつらいよ」

わかる？　とかすれた声で加子は訊いた。真っ暗な目で、私をまっすぐに見つめていた。

「……ごめんなさい」

うつむいて言った。それが今の私にできることのすべてだと思った。これ以上何をしろというのだ。加子に対してかすかな怒りが湧いた。昔のことを今さら持ち出されてもどうしようもない。申し訳ないとは思ったけれど、謝る以外に今の私がするべきことはないと思った。

「なんてふてぶてしい顔するの。もしかして、私のこと恨みがましい女だと思ってる？ それ、自分のしたことがどんなにひどいか、わかってないってことだからね」

加子は芝居がかった仕草でのけぞった。心の内を見透かされて私はまたうつむいた。

「……やめてあげようか」加子がぽつりと言った。

「今から私が言うことを四葉ちゃんが守ってくれたら、もうこんなことはやめてあげるよ」

「何？」

「元いたところに戻って」加子は薄い笑みを浮かべて言った。

「旦那さんから聞いたけど、四葉ちゃん、子どものころ怪しい宗教団体の人たちと一緒に住んでたんだってね。その教団、今かなり問題になってるよ。ニュース見てる？」

加子はまたスマートフォンの画面を私に見せた。

『〈飲むと幸福に？　一本三〇〇〇〇円「運命共有水」に注目〉

近年スピリチュアル界で話題になっている「運命共有教」が、新たに「運命共有水」の販売を始めた。見たところ一般的な飲料水との違いはないが、飲めばその後数時間は想像を絶するほどの多幸感に包まれるという。いかにも怪しげな雰囲気を醸《かも》し出しているが、取り扱いのある代理店には注文が殺到しているとのこと。同教団は昨年、代表者の二〇代女性が児童虐待《ぎゃくたい》の容疑で不起訴処分となった他、人気バンドＧｅｎｕｉｎｅのメンバー・アツが悪質な勧誘への注意喚起を行ったことでも話題になっている。』

「理解に苦しむほど難しい内容じゃないでしょ」

　私が画面を見つめたまま動かずにいると、加子がしびれを切らしたようにテーブルをコツコツ叩いた。

「四葉ちゃんがいた施設、今でも残ってるよ。私、今は地元に戻ってあの近くに住んでるんだけど。毎日毎日マスコミと信者とスピオタクが周り囲んで騒いでてすごく迷惑がられてる。四葉ちゃんなら、どうにかして止めさせられるでしょ」

「……なんで」

　どうして私が、今になって教団に戻らなければならないのか。加子のためにそこまでする必要があるのだろうか。あの場所には近づきたくもなかった。教団がどんな問題を起こしても、今の私には関係のないことだった。

「教団のこと、隠してるんだってね」加子がつぶやいた。

「旦那さんが教えてくれたよ。パート先の人にもマンションの他の住人にも、出身地訊かれたら嘘ついてるんだって？」

「当たり前でしょう。正直に話す理由なんてない」

「じゃあ私がその理由になるよ。教団の騒ぎを止めてくれないなら、私がその人たちにも、マスコミにも、四葉ちゃんの本当の生い立ちを話すから」

　加子は涼しい顔でコーヒーを口に含んだ。優位に立たれたことが悔しくて、私は加子から目をそらして自分の指先を睨んだ。

　幸せな生活を守り通すことが、今の私にとって一番重要なことだった。教院に戻るのはその対極にあることだ。自ら足を向けるのは嫌だった。体が震えた。あそこへ行かないことで自分を守ってきたのに、加子が現れ、今度は行かなければ生活が危なくなった。私が弱みを握られるなんて、加子の言いなりになるなんて、そんなことがあってたまるものか！

「勝手に腹を立てられても困るんだけど」加子が笑いながら言った。

「忘れないで。私は四葉ちゃんを貶めたくてこんな条件出してるんじゃない。このままと中学生のころの私が報《むく》われないからだよ。自分のためにやってるの。それだけだよ」

「……自分の、ために」

「そう。自己満足」

　加子の言葉が、あのころの私の声と重なって聞こえるようだった。中学生の私は、自分のために、加子のものを盗んで壊した。自分だけが取り残されないために。

　ぬるくなったストロベリーシェイクのカップを片手で握りしめた。これが、と思った。こんなどす黒い感情が、ずっと加子の心の中にあったのか。

「それが終わったら、私の絵を買ってほしいんだ。条件は以上。やってくれるよね？」

　加子が私の目を覗き込む。その言葉にうなずいただけで、全身から力が抜けていくのを感じた。

パートを終えて玄関のドアを開けると、珍しく直くんが先に家に帰ってきていた。私を見てテレビの電源を切り「少し時間ある？」と訊く。表情が硬かった。

「高校の後輩から聞いたよ。ヨッちゃんがいた教団、去年警察沙汰《ざた》になってたんだって？今も詐欺《さぎ》まがいのことして問題になってるじゃん」

直くんも加子から聞かされていたのだ。私の知らないところで勝手にあれこれ話した加子に怒りが湧いて、でも直くんの前でそれをあらわにするのはよくないと思った。「そうみたいだね」となるべく落ち着いて言葉を返した。

「どうするの？」直くんが訊いた。

「これだけ大ごとになってるなら、ヨッちゃんにも少しくらい責任があるんじゃない？施設の中で一番偉かったんでしょう。ちょっと行って話し合いとかするべきじゃないの？」

誘導されているのかと疑いたくなるほど、直くんは加子が出した条件通りのことしか言わない。守ってくれないんだ？　と言いたかったけれど、口がその形にならなかった。言ったら直くんに面倒くさいと思われそうで、口に出せるはずもなかった。

「私はもうとっくに教団を出たんだよ。今さら行っても誰も取り合ってくれないよ」

「そんなのわからないじゃん。ヨッちゃんは毎日誰かが変な水買って騙《だま》されるのを、何もせずに見てるんだ？　解決できるかもしれないのにさ」

正義のヒーロー、と加子が直くんを馬鹿にしたように言っていたのを思い出した。高校生のとき、私を教院から連れ出してくれた直くんは確かにヒーローだった。でも私は、私のためだけのヒーローでいてほしかったのだ。こんな風に大勢の人の正義の味方を気取って、私を教団に近づけようとするのは、私が好きになった人じゃない。

「俺、ヨッちゃんがそんな冷たい人だと思ってなかった。がっかりだよ」

「嫌わないで」

言葉が口を衝《つ》いた。たった今私の方こそ直くんに失望したのに、嫌われたら耐えられないと思ってしまった。見捨てられたくない。教団の外に出てからはずっと直くんが私の生活の中心だった。失ったら私も一緒に倒れて、自分が働いて食べて眠って生きていく意味を見失ってしまいそうな気がした。

「もしヨッちゃんが冷たい人じゃないなら、嫌いにならないよ」

直くんが私の頭を撫でた。こんなのちっとも寛容なことにはならないのに、ますます嫌われたくないと思ってしまった。直くんは優しい。それは確かなことだけれど、私はその優しさがどのくらいの深さなのか知らない。嫌われないために、望まれた行動をとるしかない。

「教団に行くよ」私はつぶやいた。

「だから、嫌わないでいてくれる?」

もちろん、とうなずいてほしかった。保証してほしかった。

私が顔を上げても、直くんは優しく笑っているだけだ。否定はせず、でも肯定もせずに「ちゃんとやりなよ」と繰り返し言うだけだった。

インターネットに上がっている写真を見て、恵令奈ちゃんが今の教団の代表者だとわかった。「二〇代女性を児童虐待の容疑で書類送検」という見出しの記事をネットニュースで見つけた。児童から充分な証言を得られなかったことが不起訴処分になった理由らしい。教院の前で隠し撮りされた写真には、髪を膝のあたりまで長く伸ばした恵令奈ちゃんの後ろ姿が写っていた。

電車に乗って、教院のある地区へ向かった。町並みは私が一度も寄り付かなかった間にすっかり変わってしまったかと思っていたけれど、驚くほど記憶と一致していた。今にも子どものころの私が、テニスラケットを背負って道の向こうから歩いてきそうだ。

マスコミや信者が押しかけてうるさいと加子は言っていたけれど、教院の周辺には誰もいなかった。平日の早朝だからだろうか。チョコレートのような色をしたドアの前に立って、何の前触れもなしに開けていいのか私は少し迷った。

心臓の震えを収めてから三回ノックしてみると、ドアではなく窓のカーテンがめくり上げられた。部屋の中から、小学生くらいの女の子が私を観察している。網戸をそろそろと引いた小さな手には、いくつもの赤いみみず腫れがあった。

「勝手に開けちゃ駄目って言ってるでしょう！」

女の人の声がして、子どもはおびえた顔で振り返った。足音が近づいてくる。

「何か用ですか？　こちらでは水の販売はしていないんです」

恵令奈ちゃんだった。子どものころの面影が一切残らない大人びた顔になって、細めた目で私を見ていた。返事をしない私に困った子どもが、手を伸ばして窓を閉めようとする。

「恵令奈ちゃん、久しぶり」

やっとのことで声を絞り出すと、恵令奈ちゃんは私の顔を探るようにじっと見つめた。

「誰？」

「四葉です。覚えてないかもしれないけど……」

「四葉……」

恵令奈ちゃんは少し考え込んだあと「ああ」と納得したように小さくうなずいた。

「今さら何の用？」

「ちょっと表に出て話せない？　大事なことだから」

恵令奈ちゃんはあからさまに顔をしかめた。間に立った子どもの背中を押して「早く学校。みんなもういないよ？」と声をかけている。

ランドセルを背負った子どもがドアを開けるのと同時に、恵令奈ちゃんも外に出てきた。

私を見て「入れば」と迷惑そうに言う。

一階の部屋は、私が住んでいたころのリビングから様変わりしていた。白いクロスのかかった巨大なテーブルが中央に設置され、その周りを数え切れないほどの鉢植えの花が囲んでいる。むせかえるような花の匂いの中心にあるのは、かつて私が使っていた水槽だった。底面積がテーブルよりも広いから、バランスが悪い。中にはいっぱいに水が溜まっていた。まるで祭壇だった。

恵令奈ちゃんはテーブルに近づき、クロスの下から黒いビニール袋を一つ取り出した。縛られていた口をほどき、水槽の上で逆さにする。大量の白い粉が水に飲み込まれて溶けた。

「……これは、幸福の子の、骨」

恵令奈ちゃんがぽつりと言った。

「この家にいた子どもが私だけになった日、四葉様は死んだって言われた。この粉をお母さんに渡されて、溶かして売るように言われた。真の幸福の子はいなくなったから、これを飲めば私たちが少しずつ骨を体内に入れて幸福になれるんだって。その後、お母さんもいなくなった」

恵令奈ちゃんは袋の中に手を入れて、指についた粉を舌の先で舐めた。

「なんなんだろうこれ。あなたは本物の四葉様？　じゃあこれはなんなの？」

「恵令奈ちゃん、もうやめよう」

袋を裏返して舐め始めた恵令奈ちゃんを止めて、私は自分が不思議と落ち着いているのを感じていた。お母さんがいなくなったと知った途端、心臓の鼓動がいつも通りの速さになった。教院に帰りたくない、教団が怖いと思いながら、つまるところ私はずっとあの人におびえていたのだ。

「ここにいたら誰も幸せになれないよ。さっきの子だって怖がってたし、恵令奈ちゃんだって去年逮捕されかけたでしょう」

「あれは仕方なかったの！　マイマイ様の教えを破ったら私が代わりに罰を与える決まりになってるし、ここの子どもたちはみんなそれに納得してる。私が捕まる必要なんて最初からなかったの」

「でも今、幸せじゃないでしょう」

私が訊くと、恵令奈ちゃんは首を横に振った。

「何言ってるの？　今は教団の中で私が一番マイマイ様の近くにいるんだよ。幸せに決まってるでしょ」

話を聞きながら私は、私の中で幸福という言葉が像を結ぶ前のことを思い出していた。それは、本当は存在しない神と自分との間の距離を表すための言葉ではないのだ。誰もが追求する権利を持っているはずのそれを、どうしてこの子たちは根本的に知ることさえできないのだろうか。

「マイマイなんていないんだよ」

私が言うと、恵令奈ちゃんはまた大きく首を振った。

「変なこと言うのもいい加減にしてくれる？　あなたが本物の四葉様かどうかなんてどうでもいいの。運命共有水を飲めば幸せな気持ちになるのは本当だから、私はそれで充分」

もう帰って、とでも言うように恵令奈ちゃんが私の背中を押した。私は動かなかった。できることなら帰りたいけれど、私にはここへ来た目的があるのだ。大人しく引き下がるわけにはいかない。私は私の生活を守るためにこの子の目を覚まさせなければいけない。

「水を売るのをやめるって言ってくれるまで帰らないよ」

「どうして指図されなきゃいけないの？　あなたはここから逃げたくせに」

「逃げてない。危ないと思ったから離れたの」

「意味がわからない！　何が危険なの？　ここから勝手に飛び出すことの方がずっと危険だったと思うけど？」

恵令奈ちゃんがまた新しい袋を取り出し、粉を水に溶かした。私はテーブルに両手をかけ、ひっくり返して中身を床に捨てようとした。恵令奈ちゃんが腕にしがみついてくる。

「何するの！　馬鹿じゃないの？　本物の幸福の子なら、これが割れたらマイマイ様の怒りに触れるって知ってるでしょ！」

その叫び声を聞きながら、私はこの大きな水槽に浸かっていたときのことを思い出していた。小さなころ、底に足がつかなかったころは、毎晩訪れるお清めの時間をこの世の終わりのように思っていた。「頭のてっぺんまで綺麗にしないとね」と言って、気を失うまで笑顔で沈められた湯の中。冷たい手。肌を撫でる感触。考えるだけで全身に針のような鳥肌が立った。もう自分が思い出すのも、誰かが同じ思いをするのも可能性ごと潰してしまいたいと思った。

恵令奈ちゃんの腕を振りほどいて足を下ろし、私はテーブルの周りにあった大きな鉢植えを一つ両手で持ち上げた。「やめて！」悲鳴が鼓膜を衝いた。目のあたりを引っ掻かれたけれど気にせず振りかぶって、私は鉢植えを水槽に振り下ろした。ガラスと陶器の細かい破片と水飛沫《しぶき》が散った。私は気にせず手の中のものがすべて割れて空になるまで何度も振り下ろした。

「ごめんなさいごめんなさいごめんなさいごめんなさいごめんなさいごめんなさい」

大声で言いながら恵令奈ちゃんがうずくまった。ごめんなさあい。ごめんなさあああい。ガラスが刺さるのも気にせず、びしょ濡れの床に額をこすりつけている。私はその体を抱き起こした。

「大丈夫、何も起きないよ。大丈夫だから」

震える背中をさすりながら、私自身も何かに解放されたのを感じた。子どものころに苦しめられていたもの、大人になってからも無意識に縛り付けられていたものを、ようやく断ち切ることができたのだと思った。

加子の顔が脳裏に浮かんだ。あの子は、解放された私を許してくれるだろうか。


私が水槽を割ってからほどなく、教団は完全に解体された。

運命共有水の販売によって得ていた利益の一部なのか、私は恵令奈ちゃんを通じて多額の現金を手にすることになった。ある日訪ねてきて突然トランクケースを押し付けられ、中身を見てから私が顔を上げると、恵令奈ちゃんはもういなかった。

私は加子に連絡を取った。「絵を買って」と、あの日に店で言われたことを思い出したのだ。過去の罪をつぐなうつもりだった。私はトランクケースの現金をすべて加子に譲渡し、その引き換えとして、この真っ暗なキャンバスを手にすることになったのだ。

それ以来、加子とは一度も会っていない。

「うーん、やっぱり写真だとわかりづらいなあ」

修司がスマートフォンの画面を見て言った。何万人もの人が見ると言っていたくせに、見せてもらった画面には「一六件のライク」という文字が表示されている。

「どーせプロの絵しか褒めないコミュニティですよぅ」

そう言って修司は大げさな溜め息をついた。

「この女の子の片方はね、私なの」私は真っ黒な絵を見て言った。

「そうだと思った。もう一人は友達？」

修司の言葉にうなずいて、私はその絵に触れる。触ってもいいの、と訊かれたけれど無視した。この絵に触ることができるのは私と加子だけだ。

寂しさを埋め合い、お互いに傷つけ、恨みはしたけれど、今となってはこれでよかったと思えるから不思議だった。ようやく元通りに呼吸ができるようになった気がした。教団からも加子からも逃げる必要がなくなって、生まれて初めてハイヒールを履いた。一人で好きなところへ出向いた。

視線を横へ動かすと、鏡台に映る私が見えた。骨ばった手、折れそうな脚、薄い体。数年前に夫の浮気が発覚し、離婚をして一人になってから私はずいぶん痩せた。正義が大好きなヒーローは、私だけの味方になってはくれなかった。

この恋人ともいつまで続くかわからない、と私は思う。それでも、こんな私を求めてくれる人がいるという事実が光となり、私を照らす。そして生かす。光はあたりが暗いほどはっきり見える。この暗い生活の中で、小さかったはずの罪を犯した人生で、私はその光のまぶしさを忘れないために、この絵をいつまでもそばに置いている。

少し指に力を込めると、ぱらぱらと絵の具のかけらが落ちた。私はかがんでそれを拾い、ごみ箱に捨てた。指先に黒い色が付いた。セーターの袖でこする。ふわああっ、と背後で修司の大げさなあくびが聞こえた。私は、自分の指先を見つめる。深い夜の闇の底にも似た色の絵の具は、皮膚の上でぼんやりと広がったけれど、まだ、消えてはいなかった。

※この作品はフィクションです。実在の人物・団体・事件などにはいっさい関係ありません。

集英社オレンジ文庫をお買い上げいただき、ありがとうございます。
ご意見・ご感想をお待ちしております。

● あて先
〒101-8050　東京都千代田区一ツ橋2-5-10
集英社オレンジ文庫編集部 気付
泉　サリ先生

みるならなるみ／シラナイカナコ

集英社
オレンジ文庫

2022年4月26日　第1刷発行

著　者　泉　サリ
発行者　北畠輝幸
発行所　株式会社集英社
〒101-8050東京都千代田区一ツ橋2-5-10
電話【編集部】03-3230-6352
【読者係】03-3230-6080
【販売部】03-3230-6393（書店専用）
印刷所　大日本印刷株式会社

ISBN 978-4-08-680444-8 C0193